生命树

[美] 古丽蓉 著

清華大學出版社
北京

内容简介

这里的每一篇文章，都是从作者的记忆里走出，或是一段经历，或是一个感悟，或是一缕情思，或是一份感恩。它们是一片一片树叶，从生命树上长出，都丰盛地曾经生活过，经历过。走自己的路，在这世界里扎扎实实地生活着，有过花季，有过绿原，有过秋收，有过凋零，岁月渐渐地沉淀在我们的记忆里。

图书在版编目(CIP)数据

生命树 / (美) 古丽蓉著. —北京：清华大学出版社，2017 (2017.1 重印)
ISBN 978-7-302-45314-7

Ⅰ. ①生… Ⅱ. ①古… Ⅲ. ①散文集—美国—现代 Ⅳ. ①I712.65

中国版本图书馆 CIP 数据核字(2016)第 260846 号

责任编辑：张 莹
封面设计：傅瑞学
责任校对：王荣静
责任印制：王静怡

出版发行：清华大学出版社
网 址：http://www.tup.com.cn，http://www.wqbook.com
地 址：北京清华大学学研大厦 A 座 邮 编：100084
社 总 机：010-62770175 邮 购：010-62786544
投稿与读者服务：010-62776969，c-service@tup.tsinghua.edu.cn
质量反馈：010-62772015，zhiliang@tup.tsinghua.edu.cn
印 装 者：北京密云胶印厂
经 销：全国新华书店
开 本：130mm×200mm 印张：9.625 字 数：190 千字
版 次：2017 年 1 月第 1 版 印 次：2017 年 1 月第 2 次印刷
定 价：59.00 元

产品编号：072198-01

序

走着自己的路，在这世界里扎扎实实地生活着，有过花季，有过绿原，有过秋收，有过凋零，岁月渐渐地沉淀在我们的记忆里，于是我拥有了人生，发现我们和生命树息息相关。

这里的每一篇文章，或是一段经历，或是一个感悟，或是一缕情思，或是一份感恩。它们是一片片树叶，从这棵生命树上长出，尽管最终都会落叶归根，但每片树叶都生活过、经历过。

而生命树，当她的根深深地扎在沃土里，当所有的落叶归拢于她，把最后的温暖和价值留给她，她一个季度一个季度地循环，一代一代地延续，她不就是永生的生命吗？

难道世界上还有比生命更加深刻的存在？难道世界上还有比永生更加美好的现实？

只是现在，生命树啊，我想好好欣赏你给我的礼物，好好珍藏你给我的每一片树叶；我想让孩子们学会聆听你，理解你；我想让朋友们看见你，感受你；我想坦然地美丽地随着岁月，慢慢地融入你。

当我融入你的怀抱时，就像我曾经融入我的父亲母亲，就像我的父亲母亲将于我之前融入你，我知道你会欣慰我对你的珍爱，你会好好地拥抱我，就像我现在拥抱你给我的每一片树叶。

谨将此书献给我最亲爱的父亲和母亲。

2016/10/17

目 录

第一辑 情 感 篇

第二辑　办公室的故事

第三辑　两　代　人

第四辑　记人叙事

第一辑　情　感　篇

拥书而眠

She Who Reads...Never Goes to Bed Alone

温馨书枕　孙宇明摄影

我从小就喜欢读书。

家里爸爸妈妈先是给我们买小画书，然后订儿童杂志，订各种报纸。这些根本无法满足我的阅读兴趣，我又不停地从朋友、亲戚家，从图书馆里，借出各式各样的书来看。我读的书籍，不论题材、不限内容，从古今中外历史丛书，到《红楼梦》《三国演义》《水浒传》《封神演义》《唐诗宋词》；到《家》《春》《秋》《骆驼祥子》《鲁迅全集》《红岩》《艳阳天》；到《基督山伯爵》《牛虻》《安娜·卡列尼娜》《悲惨世界》《静静的顿河》……一句话，只要是铅印的，我就喜欢。

我一直无法确定，酷爱读书，是不是也算一类瘾君子。都是极端的痴迷，缺乏时会坐卧不宁、若有所失，得到时会欣慰欢喜、心旷神怡。

读书可以带我们看到远古看到过去，看到人类社会一脉相承的伦理天常。谁说历史不会重演，谁说故事不会翻版。五千年文明一代代生灵，实际上每一场变故，都可以找到曾经的相仿；每一个战场，同样硝烟燃烧过旧时城堡。今朝风流人物，也是前代英雄豪杰；眼下的时尚，或许源于昔日的时髦。

读书可以带我们跨过语言界限、跨过肤色差异，看到不同文明、江海同归人类一致的真情实理。

从罗密欧朱丽叶，到殖民地印第安人，哪里会有一种爱情，只在一处开放；哪里存在一种命运，只对某个种族适用。森林哲学，不仅仅解释欧洲列强的对外扩张；《圣经》故事，不仅仅叙述开天辟地以色列国的兴衰。希腊神话的勇士们，早已走出书本走出传说……

于是在我的床头，永远有白天读不完的书，待我从一天喧哗的日子，待我从外面鼎沸的时流，退回这独属于我的安静空间，退回这我如此依恋的安静时间，翻开书，走进另一个世界。

在美国的20多年来，已经习惯于绝大多数时间，订英文期刊，浏览英文新闻时事，阅读英文书籍。但读书的感觉，和以往在国内读中文书时，如出一辙。常常为作者精义入神的文字而陶醉，每每顿悟于哲人高家精辟隽永

入木三分的论点信条。

因为读书,看见战争的原因,战场的纪实,战时的众生,战后的变迁;看见宗教的发源,人类的信仰,膜拜者的虔诚,心灵的力量;看见政治在办公室,在白宫,在世界舞台驰骋;看见科学在居家,在海洋,在星空天外闪烁;看见天才和创造改变硅谷,改变商界,改变人类交流;看见金钱,时尚和无穷想象力占据好莱坞,影响全球文化。

我渴望读书时的安静空间,安静时间,就如同渴望一次美好的聚会,渴望一顿美味的佳肴。如果忙完一天的工作生活,想到会有一些时间尚存一些精力可以欹枕读书,我的心底便会泛起由衷的喜悦。

读书于我,是一次美好的聚会。我和书的作者交流,像老朋友,看他们说话,听他们阐述,看过他们的眼底被他们感动;读书于我,是一顿美味的佳肴。我可以细细咀嚼、慢慢品味,它增加我的底蕴,丰富我的灵魂。

被书的博大精深滋润后,当我再次领会世界时,更多的是理解,更多的是厚爱。

洗尽铅华的成熟岁月,每天的快乐,可以简单清凉,像流水一样从指尖流出。只要有一本书,我可以拥书而眠……

梦盒子(Dream Box)

传说你将一个希望写在一张小纸上,放进你的梦盒子里。每天晚上临睡前,你捧着梦盒子,真诚地想着你的希望。那么总有一天,你的希望会变成现实。

梦盒子 《家庭》杂志

许多年前去科罗拉多出差时,在一个店里的商品架上,找到两个刻着我孩子们不同名字的梦盒子。一寸多

见方光滑的本色木头上，除了秀气地刻着人名，还细细地刻着高山流水、刻着松林原野。很精巧很独特的礼物，看见时一下子就喜欢上了。买来送给孩子们时，他们也是一阵把玩摩挲，一片由衷喜爱。

大儿子复习迎考申请大学时，一天，我对家里楼上卧室进行卫生大扫除，进行到小儿子的卧室时，看见他的梦盒子，从以前他屋里书桌陈列橱里，移换到他床头的柜架上，紧挨着他的枕头，藏在一堆历年来他曾经珍爱过的各式毛绒动物玩具下。

我好奇地打开梦盒子，看见里面有一张小小的叠起来的黄色张贴小条。打开小条一看，上面是小儿子写的一行字：希望哥哥有好成绩，进好学校。

我知道小儿子一方面天马行空，无拘无束；另一方面实际上心思缜密，情感丰富。知道他从来热爱哥哥，依恋亲情，但看见他认真地把希望写在小字条上，放在梦盒子里，放在床头，还是禁不住感慨万分。

大儿子学校通知来的那天，我下班才回到家，他就捧着笔记本电脑走过来，说："妈妈，我有些紧张。我们还是一起来看结果吧。"小儿子一听赶紧说："等一等。"然后他背过身，做了一个小小的祈祷后，才转过来，说："好吧，现在可以看了。"

打开学校的电邮，映入眼帘的是醒目的"祝贺你，你被录取了"的字样。我们仨人兴奋地紧紧拥抱在一起。我为大儿子被录取进入他选择的好学校而高兴，也为他弟弟的那份真诚的希望、那份深厚的手足情谊而感动。

想了想，我有梦盒子吗？

曾经想写一部小说，平时经常把一些构思，一些感触，写在小字条上，放进一个鞋盒子里。那是我的梦盒子吗？

每当新年伊始，我会写下一年的希望，希望健康，希望孩子们茁壮成长，希望工作顺利，希望假期圆满愉快。将写下的希望，放在我的桌前，落入我的眼里，每天看着它们，那是我的梦盒子吗？

只要有心，就可以做梦，可以梦见儿童时代满天繁星下的稚嫩，可以梦见青涩年华初恋的纯情，可以梦见一同年轻永远年轻的过去同学，可以梦见一直期盼永远期盼的同样希望。

当我在夜深人静时，一遍遍念着孩子们的名字，一遍遍重复着对他们的美好祝福美好希望时，我整个自己不就是一个梦盒子吗？希望刻在我的大脑，热爱写在我的心上。

我想我是一个梦盒子，有着许多的希冀，有着许多的盼望。每天临睡前，我捧着自己的心，真诚地想着我的希望。祝愿如传说的一样，会有一天，梦想成真，所有希望走来，变成现实。

画在滚沙上的心

沙丘之心 孙宇明摄影

才到美国来上学的时候，我和先生曾去密歇根州短暂逗留。离开的时候，我们去了一趟密歇根著名的睡熊沙丘湖畔国家公园。

公园在密歇根州下半岛的西北边，广阔的湖岸，高高耸立着冰川风雨形成的巨大沙丘。公园拥有茂密的森林，湛蓝清澈的湖泊和白浪拍打的沙滩。迷人灯塔再辅以雪松杉木以及野生景观的岛屿，加之一条十几公里的汽车道，让人们在不同的景点观看丰富的植物、动物、飞鸟、湖光山色。

睡熊沙丘的名字来源于印第安人的传说。许久许久以前，在现在成为威斯康星州的土地上，一只母熊和她的两只幼崽被一场森林烈火驱赶到密歇根湖，他们游啊游啊，渐渐地小熊们疲倦了，越来越落在后面。等到母熊终于游到横跨湖面的密歇根湖岸，爬到陡峭的山壁顶端观望等待她的孩子时，两只幼崽已经淹死了。现在这个观望湖面的孤立的大沙丘，是忠诚的母熊等待她的幼崽的地方，而她不幸的幼崽，便是湖面上一前一后两座小小的岛屿。

睡熊沙丘很久以前由于有厚厚的植被保护，保持着70多米的高度，但是20世纪以来，强风巨浪不断侵蚀，沙丘已经被削减去了一半的高度。沙质非常松软，一脚踩下去，滚沙一下子就埋过了脚踝；沙丘又特别陡，所以往上爬到顶还真不是一件容易的事。

记得我们爬到大半坡的时候，停下来休息。旁边许多人仍在使劲往上爬，有些人干脆手脚并用像熊一样爬着上来。从山顶望着脚下，湖水与天相连，一望无际。远处丘陵绿木，绵延不断，灿烂的阳光倾泻下来，照在广阔的沙丘上，照在我们的身上，使人想融化进这美丽的大自然里。

先生提议说，我们在沙丘上画个心吧。于是我们赤着脚在软软的沙上画了一个巨大的心的图案。

然后他在心形图案的旁边，赤足走出五个大大的字母：HAPPY（幸福）。

先生给我拍了一张留影照：我愉快地站在画于滚沙上巨大的心中，在劲风里，在年轻人美好的憧憬中放怀大笑。

那时我们才来到美国，一无所有，经受生活的严峻考验，面临无穷的未知莫测。

在滚沙上我们画上心，写上幸福，写上保证。我们保

证要携手同心共同走向幸福，我们许诺会再回这里面对此情此境。

十几年后，先生和我带着我们的两个儿子，从马里兰州开车上千公里，又回到了睡熊沙丘。在半坡的位置，我们再次赤足画了一个大大的心形图案。坐于画在流沙地上的心里，看着孩子们嬉笑快乐地继续往坡顶攀登，我和先生默契地相视而笑。十几年海外异地共同携手同心，努力生活，我们选择了快乐，我们得到了幸福，我们兑现了一个对着苍天大地做出的许诺。

有些人山盟海誓，写字画押，到后来也许是墨迹未干，已成陌路生人。画在沙上的心，或许很快被强风吹乱，或许很快被新人碾断，而真正的许诺，是刻在彼此心中永远的不变。

有一种幸福，是面对同样的风景，有着同样的伴侣，同样的回忆。

人间幸福　孙宇明摄影

假如它是你的

假若它是你的，你要好好待它。在茫茫人海中，在苍苍世界里，它会与你相遇，它会落你手心，这是一个缘分，这是一份神奇。它是你的极品，你要好好待它。

假若它是你的，你要好好护它。在你陋巷箪瓢时，在你华屋广厦处，你要找一块眼睛爱抚着的圣坛，你要找一方柔情滋润着的花座，你要呵护它如同呵护新生的婴儿，你要保卫它就像保卫自己的家园。它是你的旷典，你要好好护它。

假若它是你的，你应该放手给它自由。让它海阔天空四海为家，让它萍飘蓬转浪迹天涯。它有它会飞的翅膀，它有它飘逸的情怀。天空不会由于你飞翔思维的束缚而低矮下来，草原不会由于你视线角度的局限而不去蔓延。假若它是你的，你应该放手给它自由。

假若它逝者如斯一水东流，假若它杳无音信不再回头，亲爱的，你千万不要呼地抢天，千万不要流连不已，原本就没有那层含义，你要明白，不回头的它，本来就不属于你。

假若它跨越时空来到你的眼前，假若它不舍昼夜回到你的身边，它是你的，你的极品，你的旷典。

它自会认识回家的路径，假若它是你的。

灵界飞蝶　孙宇明摄影

荷塘月色

京都新家　孙宇明摄影

我是在1991年8月的一天,从北京海淀区定慧寺一幢18层的新楼,我和先生拥有的一套两室一厅的新家,坐着朋友开的单位的小轿车,拿着用从另一朋友处借的1000美元买的单程机票,到北京首都机场,踏上这条留美的道路。

我们的小家很温馨。结婚的时候我正在清华大学攻读博士学位,拿着刚好够一人吃清华食堂饭菜的研究生补助金。好在先生已经研究生毕业了,又在国家机关找了份体面的工作,有一份凑凑合合的工资,又从单位分到一套属于我们的两室一厅的新居。结婚时我们从父母兄长姐妹们手中,得到7000多元的安家费,等这些钱花完了,我们便有了一个自己的小小的、温馨的家。

我大部分时间仍是住在清华大学校园里。我们博士生女生宿舍楼是校园西区的一幢新楼，三个女生合住一间大大的屋子，屋里还有一个壁橱放各种杂什物件。我因为要上课，当然是住校才对。但我舍不得偏偏要住在学校的原因，更是那些每天不用自己准备的一日三餐，是楼里新潮的随时可用的冷水淋浴，是我看惯了走惯了的清华校园，是我离不开的清华校园里的荷塘月色。

骑车回家的每一个周末，是我们的又一个蜜月。先生之前会估算着时间，把平时楼道里一帮统统才新结婚但统统过得和单身汉一样的朋友们，也是同一单位的同事们，上门瞎吃瞎喝看坏录像吹牛侃大山的劣迹掩饰一下，还买了我喜欢的鲜鱼和各类食物小吃，美美地等着我。他在我们新买的席梦思上，在我们新置办的转角沙发上，在我们贴满客厅一整面墙的美丽的花的世界，温柔而热烈地等待他神奇的新娘。

而当我在 8 月的那天，在北京首都机场起飞，带着我一年四季的衣装，带着我从少女时开始背诵的唐诗诗集，带着我对新世界的憧憬和不安，我挥手离去，我真的离开了我离不去的家？我真的离开了我离不去的校园？

如果我真的离开了，为什么我的一个儿子叫翰清，一个儿子叫翰华，我预料中会走到我生命中的狗狗女儿名字叫翰园？我和我的孩子们，这个小清华园，一起在异国他乡幸福地生活了这么多年？

在和先生持续一生的谈话中，学校就在我们眼前。在和校友们的团聚聊天中，清华就在饭桌上，在我们端着的酒杯里。我生活了十年、爱了十年的母校，在 8 月里我眷眷的离情里，长出来两条旋风腿，生出来两只凤凰翅，飞过大西洋飞到我的身旁，与我一起，走在我天涯流浪每一处走过的地方。

而我在北京的温馨小家，我在清华大学的荷池和那时的明月，我又何时离开过？我又何曾离开得了？

在世界各地每一处荷塘，我看见了凌波仙子曾在清华的园子里开放过。在每一个月圆的晚上，清辉如银，我看见我的爱人在池畔等我，恰恰是那时的月、那时的情。

而我的归期，抬眼可见，那是一个月后的9月的一天。

重归九月

很多条路可以选择来
重归九月
有许多郑重的日子
可以认定是
启程的理由

只要归心已在
只要你跟随我
走过一段丁香记忆
在斜斜屋檐的道旁
荷色清远的香韵里
雨中九月
会千山万水渡来
推开暮霭候你

只要你愿意
只要你归心犹存
在雨后斜阳中

总会有九月一天
不疲不倦照你
不分四季

孙宇明书法　古丽蓉诗《重归九月》

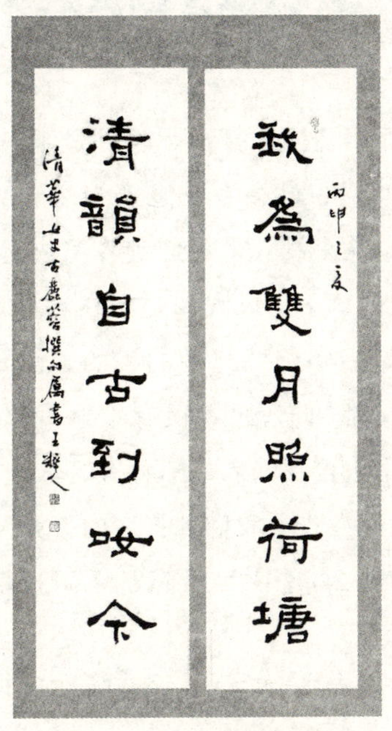

王纯杰书法　古丽蓉凑字

回归(Salmon Run)

鲑鱼回归　孙宇明摄影

几年前,姐姐从中国打国际长途过来,在和我聊天的过程中,讲述妈妈带她去乡下老家祖坟烧香的事。妈妈城里生城里长,从来没有带我们到乡下去过,更没有说过乡下老家祖坟的事。所以我和姐姐在电话里说话的过程中,禁不住开始揣摩妈妈此举的目的。妈妈干事有时很含蓄,但我们又都知道;妈妈很有主意,而且属于一旦拿定主意,九条牛也拉不回来的那种人。

我知道妈妈在告诉我们她将来的打算。

不知道为什么,这让我想起了在阿拉斯加看到的三文鱼。

在这之前的夏天,我们全家去阿拉斯加旅游观光玩了十几天。先是从马里兰州飞到加拿大的温哥华,游览了一天港口城市的名胜后,我们登上荷兰游轮,开始顺着

阿拉斯加内部通道往西北方向航行。

等七天后到达 Seward 城，船上岸后，我们停留几天又继续另一段陆地上的旅游。从 Anchorage 城坐玻璃穹顶火车到迪纳利(Denali)国家公园，住在度假区别具一格的小木屋房里，远行踏足到野生公园，看阿拉斯加驯鹿从眼前悠悠走进浅河饮水，看山羊矫健地攀岩绝壁，看巨大的驼鹿带着幼儿在草中漫游，看灰熊在树木巨石间出没。在这之后我们又追随北极光向阿拉斯加北部行进游览了几天。

阿拉斯加广阔的山和水，宏伟的冰川，独特的野生动物和夏天里明艳无比的鲜花，每天都给我们带来一些惊奇和震撼。当站在游船的大甲板上，与蓝色冰川面面相对，你不由得感到岁月沉积的力量；当大块冰川崩溃下来，轰然落入静水，想着我们行船的水区，原来也是凝结的冰川，不由得会担心人们还有多少年头可以仍然欣赏到这种自然界鬼斧神工的杰作。当看到不远的水域，一群座头鲸在波浪中优美起伏，又得知这是一家子，这片水是它们的领地、它们游戏的乐园时，你能感到的只是造化的神奇。

阿拉斯加同时有着丰富的人文历史。色彩绚丽的图腾柱上，神与兽与鸟与太阳，是印第安人先灵们崇拜的对象。

走进败落遗弃的淘金金矿，抚摸因纽特人忠实聪明又训练有素的雪橇犬，欣赏阿拉斯加纷呈逼真的冰雕艺术，聆听古老小镇的传说故事，你不得不对这块遥远的土地，这块遥远土地上孕育的人民孕育的文化，感到油然的敬慕。

而走过了一路奇景壮观之后，在我脑海里萦绕不去，让我不断回味不断感慨的，却是阿拉斯加的三文鱼，它们艰苦的回程和它们悲壮的死亡。

游轮在每天行程结束，抛锚靠岸停在一个城市时，我们总会下船来，或者跟着导游或者自己行动，探索当地的风土人情。8月是阿拉斯加三文鱼回来生产的高峰季节，天空中秃头鹰及各种飞鸟盘旋飞翔，河流里到处是挣扎游动的三文鱼，到处漂着走完生命历程死去的三文鱼。满满的河流，满满的鱼尸，让人触目惊心。

从海洋回到出生的溪流，是水位不断上升的行程。三文鱼在回程中停止进食，用全部的能量去逆流而行，去跳跃，去前进，去回归。成千上万的三文鱼，它们可以从遥远的太平洋，从它们捕食生活长大成熟的海域，穿过上千里的行程，精确无误地回到它们孵化的地方，来生产下一代生命，然后疲惫地死去。

这种耐人寻味的历程，随着我年龄的增加，越来越在我脑海里萦绕不去。

想到我最后也要回家，回到我母亲我祖先的地方。

可是我的孩子们，他们出生在美国这片美丽的却和我的祖先相隔那么遥远的地方。我深爱着他们，我深爱着我脚下的这块土地。

但在生命将要终结时，我知道我会像阿拉斯加的三

文鱼,我想回到故乡,回到生我的地方。

想起我最终的回归,想起属于这片离故乡遥远土地上的我的孩子们,心已经被撕裂,心已经开始流出血。不用任何人告知我,不用任何神灵感动我,我已深知这条上行小路,会走得漫长而艰难。

我们到了吗

我们喜欢旅游。如果可能的话，我们喜欢自己开车旅游。

一家四口开着车，从马里兰我们的家开到北面的宾州，纽约州，缅因州；开到南部的北卡州、南卡州，一直到佛罗里达州；往西开，往加拿大开。加州太远开不过去，飞过去租了车仍然是自己开着车旅游。

开车途中孩子们永远不变的问题是："我们到了吗？"下一个到了的地方或是一个旅馆，一个落脚地，或是一处名胜古迹，一处著名游乐园。

我于是努力寻找窗外路上的风景，激发他们的兴趣。看，青青的绿草地上一群奶牛悠然地吃着草，红瓦白墙的农舍古朴又端庄；看，这一片无边的向日葵地，灿烂鲜丽的色彩，多像我们欣赏过的一幅油画；看，那一排高耸山岭的巨大风轮，正优雅而神秘地旋转着；看，我们脚下的莽莽森林，雄鹰正在翱翔……

在驰过的路途上，有多少窗外风景，自自然然铺展在你的眼前，美得让人想停在那儿陶醉，美得让人想刻记脑中永存，美得让人难舍，美得让人难忘。

朋友辛迪早早就告诉我们，她要参加好几个月之后的半程马拉松比赛。自从有了这个目标后，我们经常看

见原来总在家里窝着不运动，已经开始发福的辛迪，一身运动装精神焕发锻炼的身影。

等到半程马拉松赛事结束后问辛迪跑得怎么样，她老实告知我说她还是体质力量不够火候，后来的路程没有办法跑下来，几乎是走着才到达终点的。“但是几个月锻炼下来，我感觉身体好多了，”她高兴地补充道，“至少我跑了大半，而且最后慢慢走到了终点。”

我知道对于辛迪来说，跑半程马拉松的真正路程，是她前几个月的准备阶段，这个阶段她积极投入锻炼，选择一种不同以往的生活方式，享受逐渐改善的身体状况。那天走到终点或跑到终点，实际上已无关紧要。

难道人生不就是一段旅途吗？人生有不同的驿站，有着不同的里程碑，上学、毕业、工作、结婚、孩子。升职……我们有时会问：我们到了吗？我们到达了我们预期的目的地了吗？

也许你已经到达一站，也许你仍在漫漫行程。你同时要问的另一个问题是：紧急地赶着这一生唯一的旅程，你真正注意过享受过一路风光吗？

等到站时，激动之后也许你会发现，你深刻怀念的，是路程，而不是站台。

欧洲行及影集

暑假后大儿子就要离开家去纽约州的康奈尔大学上学了。小他 5 岁朝夕相处的弟弟想起来就恋恋不舍，早早就告诉我们，他要从他们共同在一起生活 13 年的众多照片中，选出几十张做成一个影集，送给哥哥，算是给他 8 月份 18 岁生日和上学送行的礼物。

上学之前，我们全家去欧洲游玩度假两周多，一路上想着小儿子要准备的礼物，特地在每处都照了许多只有兄弟俩在一起、亲密依靠着或勾肩搭背的照片。

弟弟从小就像尾巴一样跟着哥哥。小些时候对哥哥是崇拜得五体投地，哥哥玩什么他玩什么；大一点自己开始许多地方脱颖而出，但对哥哥仍是粘着黏着，热爱着相信着，同一句话从我们嘴里说出可能是谬论，从哥哥嘴里说出来就变成真理了。

说起来小儿子给哥哥的第一张照片，是他在我肚子里的时候。怀孕期间例行检查作 B 超，我带着 4 岁多的老大一起去医生诊所，因为他知道我肚里有他的小弟弟，经常好奇地问弟弟长什么样子了，弟弟多大了，弟弟在肚子里吃什么东西之类的问题。

看见屏幕上显示的 B 超黑白影像，小家伙歪着头看半天也看不出所以然。医护人员见他挺认真琢磨的样

子，觉得很好玩，便在屏幕上敲出一行字：“嗨，哥哥！”然后把打印出的B超黑白影像图递给大儿子，对他说：“你看，你弟弟在和你打招呼呢。”回家后我帮着大儿子把这张写着“嗨，哥哥！”的黑白照片，贴在他屋子的床头，让他们哥儿俩早早就开始建立情谊。

欧洲的旅馆大部分是单人小床，通常一个屋子只住两人，不像在美国，一家四口在孩子成年前出去旅游，可以住在一间屋子两张大床上。整个欧洲旅游期间，两个儿子都是住在和我们分开的房间，按照小儿子的说法，这是最棒的旅馆设计方式。晚饭或当天最后一项活动后，两人很快就高高兴兴地消失进他们自己的房间，一块儿玩游戏看网站或浏览照片等。第二天早饭时再见他们，一天比一天更快乐，一天比一天更情同手足、形影不离。

在意大利威尼斯，我们预订了“港多拉”小舟音乐之旅的游玩项目。小儿子像往常一样紧跟着哥哥，恨不得同时跳上小船。两个大男孩，重量落在小船同一边，几乎让小船翻了个儿。“冒失的年轻人”，船夫估计心里一定这么说，但他倒是一点儿也没有嗔怪孩子，待我们分开平衡坐定后，小舟便在船夫的歌声中，顺着威尼斯运河，蜿蜒穿梭于水巷拱桥之间。游人如织游意盎然，我们在小船上看风景，也在同时成为桥上岸边人看水城的一道风景。

给两个儿子拍合影时，有时会想以后他们长大后看这些照片，一定会比现在看更加喜欢。

我和自己的姐姐妹妹一起长大的年头，是中国物质生活水平普遍比较低的年代。及至我们纷纷上大学离开父母的家,总共没有留下几张合影照。等我们各自成家,有了自己的孩子,有了自己落在东西两岸跨过海内海外的家时,我们同时各自找出姐妹的合影,重新放大装框后,放在家里显著的位置。一辈子最知心的朋友是姐妹,一辈子最无私的朋友也是姐妹。

于是不知疲倦地给儿子们照合影。在英国伦敦哥特式的塔桥下,在比利时布鲁塞尔华丽繁复的市政厅,在德国古堡教堂点缀两岸的莱茵河上,在湖光山色一览无余的瑞士皮拉图斯山红色的齿轮火车里,在奥地利莫扎特的家乡,在维也纳哈布斯堡家族金碧辉煌的香布伦皇宫,在梵蒂冈教皇国雄伟壮观的圣彼得大教堂,在震撼人心的古罗马斗兽场,在法国巴黎的香榭丽舍大道,在收藏丰富令人叹止的卢浮宫博物馆……

欧洲之行回来后不久,就该开车送大儿子去上学了。小儿子为了赶时间,连着五六天一动也不动地坐在计算机前,从新照出的成百的照片里,再从家里十几年积累下来成千上万的照片里,精心挑选,编排他的礼物。

等到我从商店拿回制作好的成品影集,慢慢打开,一页一页仔细观看时,不禁为小儿子对哥哥的浓浓情谊深深感动。

15 页的影集,总共 50 多张照片,都是他俩的合影。从首页到末页,按照 13 年的时间顺序排开来。从哥哥抱着弟弟的时候,到两人一起拿着小篮子拣复活节彩蛋,到穿着庆祝万圣节的电源游侠套服和武士黑衫,在家门口

铺满深红金黄落叶的绿草坪，持戟舞剑。

有奥运会在中国举办期间，全家回国观战体育馆前的留影，有一块儿滑雪、一块儿冲浪、一块儿踏足黄石公园，一块儿戴着墨西哥帽子欢庆生日的照片。从加勒比海游轮甲板上醒目的黑白国际象棋，到阿拉斯加巨大的木制三文鱼座驾；从东海岸的广阔沙滩，到西部世界莽莽的山峦；从两人欣赏共同堆积在家门口近 20 个形态各异的小雪人，到一起举竿展示钓上来的大鱼。

小儿子特别喜欢在欧洲和哥哥一起度过的时光，选了很多两人在欧洲的照片。两人在意大利圣马克广场，各人头顶一只鸽子，在寻食的鸽群中信步；神情悠然坐在瑞士莱茵瀑布前的栏杆上；站在巴黎凯旋门下；背靠着荷兰著名的风车；以艺术馆著名的油画为背景，以地中海蔚蓝大海为底色；有欧洲的街景，有欧洲的古迹。

最后一张覆盖整版的照片，是在美丽如画的摩纳哥首都（蒙特卡洛），蓝天白云下，在棕榈树旁精美楼外的一片绿草茵上，兄弟俩微笑着望着镜头，灿烂胜过 8 月里的阳光。

合上影集，封面是一张两人在大儿子参加高中毕业舞会前和弟弟在家里客厅照的照片。下面一行字，是弟弟给影集起的名字："我们在一起的快乐时光"（Our Great Time Together）。

我很久以前等待着的，我每时每刻期盼着的，我长久以来不觉中沐浴其间的，我一辈子最最深爱的，不就是我的孩子们，他们在一起的快乐时光吗？

当一周明星

一周明星　古丽蓉摄影

孩子们在美国的公立学校上幼儿园和小学时，每个班主任老师每年都会在班上，进行一个很普通又很特别的"本周明星"活动。老师预先将班上每个学生的名字随机地安排好顺序，然后按照这个顺序，每个学生得以有机会在学年的某一周，成为班上的明星。

成为班上"本周明星"的学生，得以有机会享受一些小特权，比如每天可以带回家班上同学宠成宝贝的一个可爱至极的毛绒动物呀，可以和老师吃一顿午饭呀，得到一个大大的甜面包圈呀，等等。

班上墙上或门上，专门有一大块空间，贴“本周明星”学生提供的照片。老师还安排明星学生几次专门的时间，在全班同学面前，讲述自己的家庭，自己喜欢的颜色、喜欢的地方、喜欢的食品和喜欢干的事之类。

轮到我的儿子们当“本周明星”时，我可以感觉到他们又紧张又兴奋的心情。毕竟是班上孩子中的唯一，老师给特别的呵护，同学给特别的掌声。上学进教室，迎面看见的是自己的大照片，醒目地被各色鲜艳的装饰画烘衬着。画框里还有许多孩子自己挑选的最喜欢的生活照，或者骑在大摩托车上，或者嬉闹之下把自己大半个人埋在沙滩里，或者和拉斯维加斯的法老雕塑并肩齐坐，或者和迪士尼乐园的米老鼠拉手问候。

可以想象儿子对着小同学们介绍这一张张照片，介绍拍照时的游园景点时，在众多关注的目光下，那种小小得意的心情。

我有时会特别在儿子当“本周明星”时，快要下课前到他们教室转一下。这样下课时，可以安排小朋友们在墙上或门上明星专集处，和儿子一起照一张相。可以看见其他孩子们真诚地为儿子高兴，众星拱月一样围着他，围着他们的“本周明星”。

想起小学老师让每个孩子当一周明星的活动，实在是一个很高明的教育方式。它让每个孩子有机会体尝被众人关注被特别呵护的感觉，体会唯一时的特别滋味，做明星时的小小风光小小荣耀的心情。

每年当一周明星，也许有些孩子由此发现在人前说话的乐趣，在人前表现的自信，发现自己对众人关注的喜爱，对风光独特的依恋。

有些美好的体验，会给人留下深刻的印象，会成为人追求的目标；有些成功的喜悦，会让人无比陶醉，会变成下一次成功的动力。

有句话叫作“曾经沧海难为水”，经过大海的广阔无边，很难再被窄水所吸引，经历过成功的人，不易被平庸所滞留。

在年轻还没出海的日子，在青春还没上路的年龄，当一周明星，也许会牵起他们日后出海的志向；做一回特别，也许会勾起他们渴望成功的欲望。而所有良师的努力，所有上一代人的希冀，也许会在合适的日子，成为助帆的风，成为他们攀登时一种熟悉又亲切的力量。

生活是美好的(Life Is Good)

多年以前,我进公司一个很重要但系统复杂难以上马的项目,项目经理名字叫亚当斯,一个高高胖胖一头红发的美国人。

任何人和亚当斯交往一段,不知道他的名字也会知道他的口头禅。和人问候时,他不说早安你好之类,而是说:“Life is good”(生活是美好的)。我开始总是先愣一下,觉得这种问候很独特,一时不知道怎样应付,看着亚当斯的笑脸,觉得很有意思,自然就笑起来,走过去了还是觉得这种说话方式清新,也有点好笑,所以我会一直心里微微地笑着。这样每天工作的一开始,就因为他这一个问候,有一个好心情。

亚当斯从小就患上了严重的一型糖尿病,每天靠注射胰岛素才能正常生活。到了中年,在我们项目当经理时,身体已经有一堆毛病,走路稍微急一些就气喘吁吁。记得有一次项目正进行到半截,他不得不住院几天。正在我们开始有些抓瞎时,他又回来上班了,又是微笑而颇有深意地和人打着招呼:“生活是美好的。”

项目成员开会,研究解决难题的对策,亚当斯一向很清楚项目内容以及问题症结,同时也很了解每个成员能力的强弱,所以安排起工作来总是人尽其才,合情合理。

一个大项目在他的领导下，居然慢慢整出头绪，开始上正道有成果了。

记得每次会议，给大家汇报项目进展，再给各人统筹安排完工作后，在结束会议时，亚当斯总会充满鼓励和信心地问："生活是美好的，是吧？"然后他自己再接上去答道："是的。"

在我看来，亚当斯问这些话时，更多的是问他自己，是他努力用一种乐观的情绪，引导自己，影响自己。他一辈子面对无法根治的疾病，身体状况每况愈下，一定有过很多彷徨，但你从来听不见他抱怨，哪怕在叙述病情时，也是平静的三言两语带过，很快就回到他"生活是美好的"正能量状况。

几年后一次带儿子去宾州滑雪场滑雪，我忘了带遮寒的帽子，只好临时走进滑雪场商店买一顶帽子充数。这就一下子看见并且买下了我最喜欢的"生活是美好的"品牌的帽子。这是一顶仿旧的红帆布颜色棒球帽，帽顶绣着白色的六瓣雪花，左前帽边沿绣了一行白色的小字："Life is good"（生活是美好的）的商标品牌名。后边的帽檐上，绣有一个藏蓝色的小线条简笔画人物，人物载着一顶贝雷帽，一张夸大的嘴巴咧开大笑着，占了脸部一大半的面积。

一下子就想起亚当斯整天的口头禅，他的问候，他的问题，他的答案，他送别的话语，全是"生活是美好的"，他乐观的笑容，就如同帽子上的小简笔人物的笑容，当然没有那么夸张，但同样是感染人的笑容。

那种笑容让你觉得应该笑着生活,应该快乐地生活才是。

几乎每次出去旅游,或观看儿子们的球场比赛以及户外游泳比赛,我都喜欢戴这顶红棒球帽,喜欢上面的字,喜欢上面的小人,喜欢那种高兴劲儿,那种正能量,加上常说这话的亚当斯给我造成的积极乐观人生的良好印象,似乎一戴上帽子,我也给自己一个小小的自问自答的机会:“生活是美好的吗?”看着大咧着嘴笑得让人看着好笑的简笔画人物,我自然被感染着笑起来答道:“是的。”我想这也是它努力影响你让你选择的答案。

后来看见许多商店产品,以及来往人群的穿着,知道“生活是美好的”是一个衣饰帽子的品牌。每次看别人穿同样的品牌,还会在心里轻轻地笑一下,与穿着同一品牌的人似乎有一种默契,对他们似乎多了一些好感。

我一直没有去研究这个品牌的历史,直到不久前阅读家里订阅的期刊《财富》里的一篇文章,才真正了解了其品牌起源和经历。

贝特和约翰兄弟俩热爱艺术。1987 年两人大学毕业后,就开始开着一辆旧的二手货车,沿着美国东海岸,在大学或城市集会上,出售印着自己艺术作品的 T 恤衫。生意一直很惨淡,五年下来,到了 1994 年,他们的银行账户只剩下 78 美元。尽管他们对将来很担心,但他们决定不放弃,一次从又一个不太成功的销售旅途返回波士顿时,他们按惯例,召集朋友们来到他们的宿舍,分享旅途的故事,同时征求朋友对他们画在墙上各种艺术图案的意见。

这就是一个畅销品牌的诞生日。

他们和朋友一致决定，戴着贝雷帽咧嘴大笑着的简笔画人物，以及充满乐观意味的语句“生活是美好的”，加在一起是所有图案里最棒的一个。兄弟俩给简笔人物起名“杰克”(Jake)，并且印了48件有这个图案的T恤衫。在下一个马萨诸塞州剑桥市的街道销售会上，所有T恤衫在不到一小时之内被抢购一空。

这个看上去小小的设计变化，这条乐观的语句，这个快乐大笑的小杰克简笔人物，带领着兄弟俩的公司，从此走到美国各地的商店柜台。到了2014年，公司已经是1亿美元的商业机构，有4500个零售商店，众多自己以及与其他品牌相辅相承的产品。所有产品都是倡导正面向上的思维模式。

公司创办人约翰在回答《财富》杂志的问题时，这样总结为什么人们蜂拥购买公司的产品：“人们渴望从好事情上得到积极向上的能量，而不是被世界上的坏事击垮。”

这种透彻的对人类心灵的理解，是他们成功的一大要素。

他们的产品信息，与人们的渴望产生共鸣，同时帮助强化人们乐观向上的生活态度，于是双行线上，商品获益于人心，商品感染着人心。

生活难道不是美好的吗？

尽管世界上仍有战争，仍有罪恶，不甚完美，百废待

举，但纵观历史，人们的总体健康、生活水平和平均寿命都在逐年增长。我们有着完整的屋顶，完全运行的水电设备，有近在咫尺的各种奢侈，一份有益于社会同时得到良好报酬的工作，难道生活不是美好的吗？

生活是美好的　孙宇明摄影

昨天、明天和今天

也许昨天，你有过山盟海誓，有过刻骨情爱，有过秾桃艳李，有过花好月圆。也许你有着最平凡的出身，或者来自最显赫的望族。

你有过潦倒穷困，或有过飞黄腾达。

但朋友，你要明白的是，昨天已是历史，过去已经不再。

也许明天，你会执子之手，你会子孙绕膝，或是咏叹花残月缺，或是赋词长恨歌传。也许你依旧是默默无闻，或者成就为硕果累累。你也许已知足常乐，或者仍上下求索。

亲爱的，我们永远无法预料，未来的兴衰，明天只是将来。

而你站着的今天，是你全部的生命，每首千古绝唱，每段旷世传奇，每个欢乐故事，每篇不朽作品，是今天你活着的意义，是今天你需要做着的事情。

你可以触摸今天的分分秒秒，你可以拥抱今天的时时刻刻，今天是你的心跳，今天是你的脉动，今天是你的全部所有。

今天是生命和你握手时唯一的地方；今天是生命和你相遇时唯一的途径。

直到我们再相见(Till We Meet Again)

和你道别的时候，我对你说好好保重，直到我们再相见。

然后我们天涯海角隔万水千山，在我们落脚的土地上，展开各自深厚丰富的人生。

我不去跟随你的萍踪浪迹，因为你有你的世界，我有我的世界，我们在各自的世界里过着精彩的生活，创造精彩的故事。

而你和我的故事，是心中的一朵水月镜花，它美丽地在许多夜色下开放，但我早已成熟，成熟到不去拂动一纹水丝水珠。

我不会像对姐妹家人，仔细描绘我的感觉我的经历。而对你说的话，是我对自己说的话，一句跨过岁月，一句跨过沧桑，一句跨过收获，一句跨过爱情。

我会在祈祷中，加上对你的祝福，为你的奋斗而担忧，为你的成功而欣慰，为你片言只语的问候，在无人的静处，默默流泪。

我不会覆鹿寻蕉，不谙四季节令，在另一个季节寻找往日的芬芳。每一朵花，有它自己短暂灿烂的花香；每一段岁月，带着行走者年龄的注脚。

我会在记忆的深处，珍留你不谢的微笑；我会在心灵一角，点着一根相思缭绕但永不能熊熊燃烧的蜡烛。

如果我们再相见，我们各自担负母亲、父亲沉重又甜蜜的工作，你的孩子们，我的孩子们，我们会彼此熟悉又陌生。

越过高山越过繁华，我想我们不会惊讶彼此相似的道路，因为终究我活在你的预期里，你活在我的断言下，我们在这个世界各自过着曾经共同展望的生活。

在各自精彩的生活中，你祝福着我，我祝福着你，道别时我说过好好保重，直到我们再相见。

也许我们会相见在天堂。

中国情结

中国家庭　　燕子工作室摄影

每年5月，我必要做的一件事，是在上班的单位（美国农业部农业科学研究院）组织单位的中国人，为配合单位里举办的亚洲节庆祝活动准备各种中国美食。

我在单位创建了“中国人友好协会”(Chinese Friends Association at Beltsville, CFAB)，顶着若有若无的会长帽子。我召集科学院里几十个中国人，在活动的当天，作为志愿者提供丰盛的中国食品，让参加活动的几百号院里的同事们，聆听接受关于亚洲文化的介绍，关于亚洲人士的奋斗史，关于亚洲现今发展状况的讲座之后，走出会场，面对一桌桌缤纷多样、色味俱全的中国食品。我们让他们享受着中国的厨艺、中国的文化，看到中国人的友好、勤劳和能干。

我是穿着鲜艳的中国旗袍去参加这个活动的。

我知道，当我把自己美美地裹在旗袍里，当我亭亭地站立在大家热情的赞美声中，被要求与眼前一亮的老板和同事们一起合影时，我不是仅仅代表我自己，或仅仅代表我这个单位里的中国人友好协会，我代表着我的母亲，我的父亲，我的姐妹们，我的亲戚们，我的先辈们，我的在中国的同学们、朋友们，我代表着中国！

第二天星期四，照例是我开车接送小儿子 Matthew 去参加他足球俱乐部常规的球队训练。去的路上一定是他歪七裂八地在车上睡觉，回来的路上我有时间一边开车，一边有一搭没一搭和他说几句话。我很自然地提到在单位过亚洲文化节的事，说我们准备了很多中国食品，我穿着旗袍，活动很成功，别人给了很多赞美。

听见我说穿旗袍参加活动，他顿时从车座上坐直了，精神起来，大声打断我说："妈妈，你是不是就像我过年穿那件中国衣服那样，好高兴呀？"

我顿时也知道，我给儿子已经系上了这个在我心中永远灿烂不朽、永远美丽动人的中国情结了！

我们从两个孩子上幼儿园起，就每周送他们去博城中文学校上学。让他们上中文学校的幼儿园、小学、初中、高中，让他们从汉语拼音开始学起，在学校里牙牙地

学说爷爷、奶奶、汽车、房子，背诵最简单又最隽永的李白的“床前明月光”诗句，到坚持不懈地参加博城中文学校和华府地区学生中文演讲比赛，让他们自己用中文写作文，用中文演讲，讲他们在生活中看见的事，学到的道理，自己的心得和感慨。

在中文学校里每周一次见到熟悉的面孔，说着自己的语言，生活在自己人的芬芳世界里；在每年一次春天里轰轰烈烈的各大中文学校联谊运动会上，孩子们和妈妈一起，不用经过任何淘汰赛，直接报名参加任何自选比赛项目；在中文课后的丰富的文化课程里，学画画素描，练吹琴打鼓，听中文讲座，打健身篮球……

中文学校最令人难忘的，是每年热热闹闹的欢欢喜喜的中国新年晚会。

像是在家乡赶庙会，几百人人声鼎沸，欢聚一堂；看孩子们画展上稚嫩童真的新画，看家长绘画班日渐不凡的正品；看孩子们精巧的工艺手工，看红纸大字渲染出的舞台中国风。我们热热闹闹、欢欢喜喜地年年在一起，在海外他乡博城中文学校的朋友中，过我们中国人的新年。

2008 年全家回国观看奥运会时，我在北京给 Matthew 买了一套中式服装。Matthew 对这件衣服喜欢得不得了。

先是穿着有些嫌大的这一套中式服装，去参加中文学校新年晚会的表演。可爱得像一个小萝卜头，他没料想到周围大人小伙伴们一通夸好，让他好好虚荣得意了

一把。第二年衣服大小差不多还算合适，他就不仅穿了上中文学校表演节目，还穿了去他美国的学校，得了一箩筐的赞誉后，回来像对待宝贝一样，没按惯例将脱下的衣服通通一脚踹到地下，而是将衣服好好地放回衣架上，告诉我说下一年还要穿它。

好在他是男孩儿，蹿个子比较晚。后面的两年，一到过中国新年的时候，他就会和几个我们居住小区其他认识的 ABC (American Born Chinese)们相约好一天，一块儿穿了色彩不同风格类似的中国风衣服去美国学校嘚瑟，大大宣扬一下骄傲自豪的情绪，再收获又一箩筐赞美之词。

大儿子 Kevin 说起博城中文学校，就会一声感慨："咳，真感谢中文学校，我得以和班上这些同学，十几年来做好朋友!"

去年夏天，他从康奈尔大学回来度暑假。除了在外面全时做一份实习生的工作自己挣钱外，还挤出或是大清早上班前，或是晚上下班之后，或是周末空闲时间，去参加一个"常春藤大学生教大陆人说英语"活动。他们通过互联网，和在国内想练习英语的大学生或其他各界同人，用英语交流，指出对方的语法错误，跟他们讲述一些美国这儿的一些事儿……

Kevin 有时会说："哈，在中国的人怪好玩儿的。"

在我谈及自己穿旗袍时，Matthew 会一下子跳跃想到他自己的高兴事，他在中文学校的这同学那老师，他的眼睛会亮起来，他突然高兴地说起一大堆话： 我的那件

中国衣服，我的中文学校，我们表演的节目，我们排了长队，打打闹闹地在中文学校过中国新年……

他唯独没有提到不知不觉，可我却看得清清楚楚，是在博城中文学校，这么多年的教育和交往，日积月累，潜移默化，岁月在他们的心上，系上的中国情结。

黄　黄

黄黄是我的表妹。我姨娘和姨父大学毕业后便一起去距离合肥千里之遥的边远城市贡献力量，黄黄出生后，姨娘和姨父有时会把黄黄送来我外婆家，和合肥老家的人待一段时间。

在我七八岁、黄黄三四岁的一个早晨，外婆拉着黄黄去街口的早点摊买早点，拿好早点付完钱之后，外婆一转身，黄黄不见了。

我们全家从此再也没有见到黄黄。

记得那时妈妈的哭泣，外婆的眼泪，姨娘姨父绝望痛切的神情。全家族的大人们，在城市各处贴着无穷无尽找黄黄的寻人启事。妈妈有时几天几夜不回来，长途跋涉去县城、去乡下，从任何一个大概的听说中看到希望，去任何一个可能的线索处反复寻找。

花开花落，夏去冬来，年年找，日日找，黄黄却再也没有出现在我们的面前。

我不知道我的外婆、妈妈和姨娘们，在往后的日子，为此经过多大的心灵煎熬。当我自己成了母亲后，听到别的孩子丢失的消息，感叹之余，有时我试着设想，如果我处在伤心母亲的位置，我会怎样感受。没有一次，我可以熬过哪怕短短一段这种设想的艰难思路，很快我就会

如同走进无底的渊潭，那种无边的绝望要在一瞬间吞噬我的所有。深刻的心痛会让我迅速逃脱，逃避这种设想，逃到阳光下大路上，逃到我孩子的笑声里。

大儿子一岁多时的中国春季节日，我们和许多在这里工作和上学的中国留学生一起，在马里兰大学学生俱乐部欢聚庆祝。留学生联谊会组织了许多活动，有电影、小吃、游艺、舞会、卡拉 OK、儿童节目表演等。

在人流拥挤的大厅里，我碰巧遇见在清华上学时的一个同届同学。我们大学毕业后从来没有见过面，几年后居然在美国相逢，一时间有说不完的话。正说得高兴，我突然发现儿子不见了，问先生，先生也是一脸茫然，我们小小的、才会走路几个月的儿子怎么一转眼就失去了踪影？

我知道心沉下来是什么感觉，我知道脑海里又空又白是什么一种状态。我迅速冲向各个房间、各个走道，一边大声喊着儿子的名字，一边竭力地放眼寻找。黄黄，我的儿子，外婆，妈妈，他们的影像在我的脑子里空白又嘈杂地缥缈起伏。

当我在最后一个方向的走道，在最尽头的一个教室，看见我的小小的儿子，站在一个小小的角落，天真地仰着头，看一堆人进行着什么活动。我知道什么时候，眼泪倾泻你无法阻挡，也不去阻挡；我同样知道，黄黄的丢失，在我当时幼小的心里，早已留下一道深深的伤痕。

有时不相信，心灵的创伤能够彻底痊愈，它们只是被我们刻意地用岁月掩盖着，显得无踪无迹。

有时会有一阵寒风吹来，会将这些刻意吹散，我们赤裸裸面对的，是同样的伤痛、同样的煎熬。

然而我们别无选择，只能往前走，会有新一轮太阳升起，会有又一层岁月落下。人生，有着痛时，也只能往前走。

弹　琴

小时候我喜欢唱歌喜欢跳舞喜欢练体操。可惜一是天资不够，二是父母亲压根儿不培养我们这方面的特长，所以从来没有送我们去接受任何正规训练。

幼儿园时在全校唱样板戏，无师自通还是智取威虎山里的主角儿小常宝，一句“八年哪，别提他了”，台词提示后，引吭高歌：“八年前，风雪夜，大祸从天降……”混到小学五年级，还是学校文艺表演班舞蹈队主演兼编导。

再往后，越来越平庸。上清华当新生前一两年，还大胆和同学站在观众前重唱或领唱，又加入学校舞蹈队练习蹦跶蹦跶。最后啥也不是，也就最多猫在大合唱队伍里，唱着不高不低的声部。

乐器方面更是一纸空白，没学过二胡没拉过手风琴。在清华上学时，有一段时间，校园歌曲，校园音乐挺时兴，许多同学业余时间玩音乐，我当时也是不甘落后买了一把吉他。结果热得快，凉得快，三分钟热度练了一段后就放弃了，把吉他一挂几年，挂在宿舍墙上倒是挺风雅的装饰。临出国前，把吉他送给朋友作为一种纪念，就这样两袖清风两手空空来到了美国。

这里中国家长似乎家家都送孩子学钢琴。我本来就喜欢音乐，自然希望孩子们也喜欢音乐，同时会捣鼓一些乐器。加上这也是风气所在大势所趋，所以等孩子们长大了懂一些事，就一个一个送他们到钢琴老师那里学习弹钢琴。

孩子才开始和老师学时，老师支持允许家长坐在旁边，了解孩子学什么内容，学到课本哪里了，这样可以回家帮着孩子练钢琴。我自己本来一直想学习弹钢琴，又想帮孩子，所以很长一段时间是孩子上课，我也上课，孩子弹琴，我也弹琴。

两个儿子都是从才上小学不久，就分别跟着两个不同的私人钢琴老师，学了六年左右停下来。家里十几年来，练琴声不断，学琴故事一堆。我们和钢琴老师亦师亦友，共同走过孩子从童年到少年一段音乐之路。

大儿子的钢琴老师是从国内来的移民，小儿子的钢琴老师是从东欧前南斯拉夫来的移民。两个老师我都很喜欢。喜欢她们教孩子弹琴时的耐心和热情，也特别欣赏她们，也许是文艺人的特性，总是把自己收拾得光鲜整齐，让人赏心悦目。

小儿子的钢琴老师，是我们当地一所社区大学的音乐老师。所以我们每周去她在校园里的钢琴教室上课。一个教室有两架钢琴紧挨着，这样孩子在一架钢琴上弹，老师可以在另一架钢琴上示范。东欧人的名字，经常音节特别多，当儿子的钢琴老师写下她的名字时，儿子和我看着都傻眼，叫名叫姓都太难太绕舌头。她自然知道原因，笑着说：“就叫我 V 女士好了”，一下子从最长名字的老师，变成最短名字的老师了。

V女士年纪在50岁左右，是两个女孩子的妈妈。大女儿已经上大学，小女儿我们才上她课时是高中生。每次学生汇报演出时，她会来帮着妈妈组织现场，给孩子们买花送纪念品，之后也上了大学学工程去了。

V女士精力旺盛，对教琴很认真。无论我们是她当天第一个学生，还是她教了几小时后的最后一个学生，她都热情洋溢地见面问候，对孩子不懈地谆谆音乐教导和鼓励，她丰富的艺术知识，加上她永远一丝不苟的服饰，让我对她有极好的印象。

孩子学琴，有乐趣，也有困难。初始阶段，内容比较浅，难度比较低，学琴练琴都比较轻松。后来循序渐进学习到越来越大段复杂的小奏鸣曲和奏鸣曲时，是音乐最漂亮的阶段，但也是孩子们练琴时开始拖怠、水平持续停滞不前的阶段。好在我们从来没有奢想太多，对孩子这方面的要求也不高。让他们学钢琴，懂一些音乐，熏陶一些性情是主要目的。

孩子们因为有了钢琴的基底，在学校乐队选择一种乐器后，都很快上手，喜欢跟着乐队练习，喜欢音乐的环境。大儿子高中四年，再忙也是天天在乐队混。我们让他总结一下学校所有课程，结果他最喜欢的就是乐队的课程，又轻松，又得以玩音乐、欣赏音乐。

V女士每年除了像其他钢琴老师一样，组织学生参加钢琴比赛、定期组织学生钢琴汇报表演会外，她还一定在冬天圣诞节期间，组织学生们去养老院，给老人们带去节目带去快乐。

每年去养老院表演，是一种慈善行为，是孩子们学琴过程中，一个很独特的经历，也是一个使我们家长们颇有感触的活动。

美国的高档养老院，楼群林立，环境优美，设备先进，医护人员充足。但所有这一切，都无法驱散在深楼里弥漫的一种老人孤独苍凉的肃穆气氛。V女士希望孩子们的天真活泼，他们准备充分的钢琴表演，能够在年节期间，给桎梏在人生边缘的老人们一些生命的活气和快乐。

很动情地确实看见一些老人们被感动，高兴起来，跟着唱节日的歌；也很悲哀地看见一些老人们，命如游丝，再也无法体验世上欢情，让人唏嘘不已。多亏V女士的善良和深意，每次表演，孩子们带一台欢乐节目前去，带一些人生新感触回来，知道音乐是给自己的礼物，也是可以给别人的礼物。

我跟着两个儿子学钢琴，每次都是不等他们叫难，我已经爬不上坡，知难而退了。好在到底也学了一些皮毛，拿起他们最初级的课本，总算还可以弹出来一曲二目。

等儿子们陆陆续续停了钢琴课后，我便成了钢琴的新主人了。也许是我对自己没有要求，也或许音乐的能量，本来就不由于它的技巧和难度所决定。每次弹出一支小曲子，我心中感受到的平静或激动，是在这个世界中，其他行为所无法创造、无法代替的一种情绪一个境界。

音乐是神奇的，尤其当弹着孩子们小时候弹过的熟

悉曲子，想念他们，想念青春的时候。

荒岛琴手　孙宇明摄影

人生游戏

既然是游戏，就应该充满了乐趣。

游戏之所以产生，是为了寻找更多的快乐。你尽可以选择离开，选择不参与游戏，但这不是一场高中球队的比赛，也不是一场角斗士的决战，它跨过人生，世世代代，你没有选择，除非你绝尘而去。

所以你应当尽可能地创造欢喜尽可能地满怀欢喜，为母亲带来欣慰的笑容，为孩子谱写幸福的欢歌，为朋友送去祝贺的衷情，为邻居泡起欢聚的香茶。为日出，为日圆，为新生儿，为新人儿，为从贫困走向富裕的人们，为从迷途中回返的浪子……

既然是游戏，就应该有规则条例。

越是万民瞩目的项目，越是举国参与的游戏，游戏规则越是严格精确。裁判在吹哨，观众也不会漏过一厘一毫。

所以你要学会道德同时了解世情，你可以无限想象无限发挥，但你不可以损人利己，不可以违章乱纪；你可以著作等身，一代宗师，但你不可以嫉贤妒能，毁人子弟；你可以一鸣惊人或者东山再起，但你不可以沽名钓誉或者薄情寡义；你可以富可敌国或有琼楼玉宇，但你不可以挟势弄权玩着三心二意……

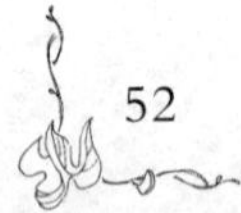

游戏自有规则，游戏自有仲裁，不在今朝露面，也有明辰判决。

既然是游戏，就一定有输赢分晓。

哪场比赛没有赢家，哪场比赛没有败将？就算是乌龟和兔子的赛跑，代代相传，人人皆知。如果没有最后的输赢，又怎能成为一个故事？起跑线上的故事不锁定终点的前后，即使半场已过，仍有大戏高潮迭起。

你可能含着银匙出生，或不认父母谁人；你可能沉鱼落雁，或者寻常模样；也或许下笔成章或者才疏力薄，你也许少年得志或者生不逢时。但从来输赢变化莫测，天下谁有慧眼可以早早看透春秋？你十日一水，五日一石，也许最后的图画会是绝世佳作；你不骄不馁，你总在努力，也许从你上下求索处，日后会有捷报频传……

游戏定有输赢，只是人生不是一决雌雄的战场。他有一生，你有一世，输赢乃兵家常事，总有游戏在继续。

清华女生

有一次参加工作面谈，正襟危坐面试我的是一位大陆同胞。他翻着看着我的简历，第一个问题就是：你在国内是清华大学毕业的？

是呀，我答道，我大学从那里毕业，硕士从那里毕业，课题在那儿做完，论文在那儿发表。

你不像清华女生，我不相信你是清华毕业的。他紧接着莫名其妙得出自己荒谬的结论。

回到家后，对着镜子，把自己端详了半天，我仍然不得其解，我穿着得体的职业套服，我梳着平常的披肩发，我背着传统的深色公文皮包，描了一点点眼线，画了一些些淡妆，我哪儿不像清华毕业的了？你脑子里的清华女生该是什么模样？

我想你知道我们清华女生数学物理化学一门都不害怕。我们喜欢复杂课题的挑战，我们可以轻松解答许多人冥思苦想的疑难。

我们大脑转动的速度由于聪颖，由于刻苦，远超过你的想象，我们一丝不苟完成科研项目，不卑不亢发表学术论文，我们学生时就参加国际会议，毕业时高扛着清华的猎枪。

清华女生，篮球场上有她们矫健的身影，田径场上有

12个清华精仪系光1班女生　光1男生摄影

她们蓬勃的朝气，她们游泳、长跑、竞走，她们打排球、网球，她们跳高、跳远，她们每一个人都玩一些体育，她们每一个人在运动场都洒许多热汗，她们是健康女大学生的典范。

你听过清华女生悠扬的歌声吗？你看见过清华女生袅娜的舞姿吗？她们在圆顶大礼堂，撑起一台台缤纷的表演，她们在文艺竞赛中捧回一个个闪亮的奖杯。在她们的每一层宿舍，都有人尽情高歌，在她们的每一个屋子，都有人轻声吟唱。她们在古典音乐中沉醉，她们在现代流行曲中徜徉。她们本身就是音符，走动着或跳跃着，就谱成音乐，而且是极为优美的音乐。

清华女生，她们背过唐诗宋词，她们读过“三国”“红楼”，她们可以和你天文地理政治经济谈到天明，她们可以和你古今中外军事文学聊个通宵。她们写诗，写散文，写小说，写政论；她们办报纸，办刊物，办学社，办园地。

荷塘仙子　孙宇明摄影

她们会从《三字经》中找到一些思维的出发点，她们会从普希金的诗中领悟一番人生。她们会从希腊神话里读出许多哲理，她们会从青春月刊中感受时代的脉搏，她们吸取文化的博大精深，她们追求文明的至高境界。

她们互相感染着，她们每一个人都有深厚的修养，都是一块丰富学识的珍贵结晶。

你体会过清华女生的柔情吗？你听说过清华女生的故事吗？她们也会化妆打扮，她们也会流行时尚，她们会在周末的交谊舞会，漂漂亮亮入场狂欢，她们会在月下的荷塘池畔，小鸟依人风情万千。

花季的少女清华的女生，她们是清华园一道道风景，她们是清华园一幅幅彩画，她们漂亮却大半从不炫耀，她们鲜丽却很少稀罕高调。

她们美得自然，美得高雅，美得自信，美得进入影集，

8 个清华精仪系光 1 班女生　光 1 男生摄影

让人刻骨难忘。

清华女生，当她们走进婚姻，她们是忠诚的妻子，她们是人生的伙伴。当她们成为母亲，她们是温柔的天使，她们是坚强的卫士。她们会烹调佳肴，她们知道营造浪漫，她们会礼尚往来，她们经常高朋满座。她们和孩子一起爬上过山车，她们陪先生一起走过独木桥，她们带着家人全世界游山玩水，她们教育孩子们人世间善恶高低。有她们的家，是有书、有乐、有情趣的家；有她们的家，是有理、有序、有追求的家。

她们热爱家如同热爱生命，她们为了家甚至可以牺牲生命。

你曾和清华女生一起工作过吗？你看过她们完成的产品，做出的设计吗？

无论什么工作，无论哪个单位，“厚德载物，自强不息”是她们永远的校训，是她们遵守的指令。

她们要强好胜工作时愿意独当一面，她们敏锐灵活设计不乏独特奇思，她们充满责任，岗位上总是兢兢业业，她们天生气魄需要时可以率众领军。

她们有良好的素质，她们有卓越的才能，她们有过硬的功底，她们有丰富的经验，她们可上可下可在任何位置，做出超值的贡献。

不知道你脑子里，清华女生该是什么模样。

不知道你的名字不记得你的长相，我只知道你荒谬结论的莫名其妙。

那一方净土，那一片绿洲

青 春

如果这一朵花
可以开在昨日
如果那一段情
可以落在今天

你会是花的王子
在玫瑰园与我共舞
你会用情至深
在绿草原伴我同眠

如果这一生一世
有两条溪流
如果那日月星辰
是你心的地方

你会在冷泉水畔
见我深情目光
你会在不老天地
将这唯一青春再现

生命如流水，载着快乐的日子，载着愁苦的情绪，载着少女的诗句，载着盛开过又垂落的花朵，它潺潺地流去，流到一个名叫昨天的地方。在那里，你探索道路的地图，叫作记忆。

许多匆匆的相遇，许多不解的远离，许多无缘的折翅，许多距离的藩篱，如同一阵风穿过你，你感觉到蝴蝶的羽翅在风中在你的心中颤动；如同一片云漫过你，你伸出手来捕捉却收获空空如也，手心上不留任何痕迹。

那些无忧无虑无知无觉，放学后肩并肩走回家的石板路，路旁的豆瓜绿藤葵花美人是否还在？那些轻松愉快可有可无，铃声消失后教室里的板报抄写笑语连天，和我们一起懵懵懂懂的少年们，他们是否已经归路无期？

那些无语的凝望，那些莫名的心动，那些湖畔旁的轻拥，那些离去时的无奈。早早去，从无人的站台上开始等待，等待迎接；久滞留，在无人的站台告别送别，告别一段生命。列车来了，又走了，我们在一起，互相爱恋，然后，我们分开了，分开成永别。

但是，正如那首歌唱咏的，在你心中，如果有一片白桦林，如果有一方净土，那些没有墓碑的爱情和生命，将会在那里依然葱茏。

你勇敢地昂着头，在江湖里在这世界上行走。你一生精彩，创造生命维护生命，为无数的美丽深深折服。

在静谧的独处的时刻，在喧哗的团聚的旋涡，在如泣如诉的音乐里，在美轮美奂的朗诵声中，是的，我的朋友，你最好在心灵的一角，保留一方净土。

留一方净土，给你记忆找回的童稚少年和无邪青年；

留一方净土，让你的青春在那儿，如一朵沐浴着灵露的天堂之花，永远瑰丽永远灿烂开放。

在那一方净土，有一片丰美的绿洲。所有的昨天都会回来，所有的朋友都会重聚，所有的遗憾都会被弥补，所有的美梦都会变成事实。所有的诗歌啊，都会插上翅膀；所有盼望过又丢失的爱情，都会在那里向你招手。

而你所需要的，便是给自己一个美好。在你心灵的一角，保留出那一方净土，那一片绿洲……

心岛绿洲　黎明绘画

第二辑　办公室的故事

生日晚会

克里的生日晚会，是我见过的中年人生日聚会里最豪华、最庄重、最别具一格也是最难忘的一个盛会。

很早就看到公司广告栏贴着的通知，让我们把10月份一个星期五晚上的时间计划出来，去参加晚会。通知告诉我们这是一个庆祝男孩子们（The boys）一百岁(50＋50)的生日晚会，务请大家千万不要错过。这个大晚会的“大”字，用重体、大号字体打印在通知单上，显得特别的醒目。更醒目的是通知下面的一张黑白照片，明显是上乘照相馆照出的照片，这是克里和他的双胞胎弟弟，在七八岁的年龄，穿着一样的格子衫，同样双手托着腮，同样俊秀同样可爱的合影照片。尽管两个孩子非常相像，但我还是一眼可以分出谁是克里谁是弟弟。他的弟弟文文静静地看着镜头，克里却是一副遥想的模样，有点调皮地抿着嘴，和他平时在公司里说话有时停下来，有点调皮地抿着嘴的模样一模一样。

通知注明请大家不要带生日礼物，生日晚会的地点是西森林乡村俱乐部。我早就听说过西森林乡村俱乐部的名字，这是当地很有名的一个高尔夫球场俱乐部，占地二百多亩，除了极负盛名时举办锦标赛的高尔夫球场，还有十来个网球场，奥林匹克级别的游泳池、健身房、运动馆之类。经常在报纸、期刊社交活动栏看见俱乐部大约6万平方米的会馆照片,内部精致高雅的壁画装饰,外部憩美的园林风光。公司每年一次盛大的圣诞节晚会,曾有职员大胆地倡议能否去西森林乡村俱乐部办一次,大家憧憬了半天,最后总是因为需要过多经费无法通过领导层同意。

穿着晚礼服,参加克里的生日晚会,进入俱乐部会馆,迎门便看见一尊巨大的冰雕,立在铺满庄重红色绒布的长方形台基上。冰雕的下部刻着几朵柔曼飘逸的花朵,上面刻着粗夯敦实三个数字:“100”。

克里看见我很快地和他弟弟一起走过来,向我介绍他的弟弟,再略带调皮地渲染一番介绍我。克里的弟弟和克里几乎一样的一米八九大高个,同样挺拔的身材,同样晒得恰到好处的小麦肤色,一副英俊倜傥又稳重成熟的模样。实际上我早就从公司同事的聊天里,知道克里的弟弟是一家兴旺发达公司的创建人,一如克里一样成功。我们自然知道克里是我们公司的创建人之一,是我们公司成功走过这么多年开辟一个又一个商业战场,浴血奋战的功勋大臣。

而那个晚上,我们更深切知道的是,克里半年前被诊断出患了直肠癌,得知病情时癌细胞已经扩散到了肝脏。

西森林乡村俱乐部里播放着克里挑选的平时他喜欢听的音乐。大厅的四角上方,各有一个电视播放屏幕,播放着克里和他的兄弟姐妹们以及许多同人朋友的照片和录像。有他小小孩时站在卷毛狗旁边咧着嘴大笑的照

片，有他穿着印着大鲑鱼T恤，在捕鱼小船上抛线垂钓的照片，和双胞胎弟弟牵着手走在雪地，和公司同事夏天在郊外野餐，站在挂满装饰的圣诞树旁，依偎着他宠爱无比的灵性花猫……

俱乐部侍者们穿梭着端着圆盘让客人们拣起各种可口小吃或开胃甜酒。隔壁就餐的房间，摆着一排铺着洁白餐布的长桌，依次放着刀叉盘碟，然后是沙拉熏鱼、烤肉、牛排……上百位的来宾，穿着典雅的盛装，驻足于电视屏幕之下，随着流动的画面，回顾克里50年的人生。克里在熙熙攘攘的来宾中微笑着和每个人打招呼，或驻足说上几句朋友之间的话；而在每个屏幕每个画面上的他，大笑着或微笑着，感染着我们。

所有的人都在欢笑，整个俱乐部被一种幸福和温馨笼罩着，又同时弥漫着一层淡淡的忧伤。

克里后来做了手术，将大部分癌变的肝脏切除。说来算是雪上加霜，医生居然不小心把一块消毒棉球留在他腹腔内，结果造成感染，他不得不为此被再开了一刀。我们和他调侃，说应该在他身体上加个拉链，让医生随时拉开察看情况。他没有责怪只有理解，还全力集资帮助他的外科医生研究治疗癌症的各种科研项目。

不久后他搬来给我们看新买的高倍天文望远镜，他要重拾孩提时喜欢遥望天空寻找行星的爱好。和公司的年轻人一起，他壮胆在50岁完成了从年轻时就一直计划却不得实现的悬挂滑翔训练，不再惧怕高度，飞翔的自由和挑战让他兴奋不已。

他开始加速湖边小红木屋的整修工程，完成后，邀请公司同事一起去小屋留宿，在宽阔平静的大湖里钓鱼，在风景如画的红木屋旁烧烤。

每次见面，每次出行，带回来的是又一片欢笑，又一层快乐的记忆……

后来我离开了公司，去另一处职场开拓……

在另一个离他生日不远的日子，听到过去同事告诉我克里去世的消息时，葬礼已经结束了，我没有来得及赶去道别。

不过我想克里是不会介意的。在那个金秋的晚上，在西森林乡村俱乐部那个饱含深意的生日晚会上，我看着他的眼睛，已真诚对他说过生日快乐。他站在巨大的生日蛋糕旁，站在黑人灵歌乐队动人心弦的音乐里，已经微笑着和我们做了在这个世界上优雅的最后道别。

百岁生日　古丽蓉摄影

印第安人

My Lands Are Where My Dead Lie Buried

疯马战神　孙宇明摄影

庆祝土著印第安人节的前一天，组里的凯丽就开始打印装裱一份教育宣传资料，介绍一种早年印第安人用作食物的植物。不知从哪里来的一组工人，在我们研究院大楼后面的草坪上立起一顶印第安人帐篷（Teepee），远远望去，帐篷白色的尖顶，浮在蓝天白云下，倚着院里参天的大树伴着花园茂密的草木，很有一种牧野的诗意。

当我和凯丽第二天早晨拿着资料端着一盆印第安绿草来到楼下大礼堂时，活动正好开始。院里领导先是感谢这次活动的主讲者印第安人罗伯特，说很荣幸请到他给我们讲述印第安人的一些文化风俗，给我们带来印第安人的帐篷，还送给我们一本印第安人烹饪菜谱。

等一身印第安人装束的罗伯特站起来面对我们开始自我介绍时，大礼堂里顿时出现一阵唏嘘声。我和凯丽两人诧异地瞪大眼睛，不可思议地你看看我，我看看你，然后凯丽一下子忍不住笑起来，说："我也是印第安人。"看蓝眼睛金头发的凯丽这么说，我马上跟着逗起乐来："那我更是120% 的印第安人。"

罗伯特蓄着半尺长的络腮胡子，胡子大半花白，但仍可以看出原来金黄的底色。他的皮肤很白，面部高鼻凸颧，深眶大眼，说像圣诞老人更贴边儿，说是土著印第安人，这可把大伙儿以往的种族认知归属概念一瞬间全部搅和乱套了。

罗伯特显然是见怪不怪，待我们又都恢复好奇的安静后，告诉我们大概是他爷爷的爷爷不知道在一场什么战争后，娶了一个土著印第安人女子。罗伯特从小到大，从来没有认识肯定过自己的这份细如游丝的印第安血液。直到中年之后，才忽然感觉到和土著印第安人的种种牵连，于是开始努力寻找，居然找到他印第安祖先归属的部落。这整个寻找了解的过程同时也把他从一个门外

汉，培养成土著印第安人历史专家。现在他在州政府印第安人事务所工作，帮着传播印第安人的文化，帮印第安人争取权利，完全自我认为是印第安人了。

罗伯特整个讲述过程，基本上是围绕着他身上的穿戴服饰。他头上戴的不是我们通常在图片杂志上经常看到的印第安人鹰羽头饰，而是一顶黑色的头饰，两边伸出光滑坚硬的野牛角。他身上倒是俗套地穿着一件颜色鲜艳的宽大披风，披风上满是飞翔的雄鹰。罗伯特讲了很多雄鹰在印第安人文化中的重要性，黑毛黑羽或其他鸟羽在不同部落代表的含义。

记得几年前全家去美国中部旅游，特地去南达科他州黑山区，瞻仰据说如果完成后会是世界最大雕塑的印第安人战神——疯马巨石雕塑。

多年以前，印第安拉科他部落首领“亨利站立的熊”(Henry Stand Bear)，在得知一位著名雕塑家柯扎克·希欧考夫斯基(Korczak Ziolkowski)的作品在1939年纽约世贸会上获雕塑大奖后，盛情邀请他，说：“我们部落的首领们和我希望白人们知道我们红皮肤人也有伟大的英雄。”于是波兰人后裔的雕塑家，从他将近40岁的1948年开始，带着全家人艰苦地在大山里工作着。1982年雕塑家去世后，他的妻子和孩子们继续努力，终于在1998年完成了巨大的疯马面部雕塑。

在疯马巨石雕塑的游客中心，立有一座疯马雕塑的模型。印第安人英雄酋长“疯马”，骑着战马，手指前方，像是回答白人殖民者的轻蔑问题：“哪里是你们的土地？”

他骄傲自豪地回答："我的土地是我的祖先埋葬的地方"(My lands are where my dead lie buried)。

印第安人的土地现在在哪里呢?

从16世纪欧洲殖民者第一次踏上新大陆,大量屠杀灭绝土著印第安人,到将所剩无几的最后一些印第安人赶入贫瘠荒凉的印第安保留地。千千万万祖祖辈辈的印第安人生活埋葬在这一块土地,这每一山每一水的土地,现在还是他们的土地吗?

美国现在大约有560万印第安人后裔,阿拉斯加州是美国土著印第安人比例最高的州,那里超过14%的人口是印第安人的后裔。

我们有一年暑假去阿拉斯加坐游轮旅游,之后在阿拉斯加最大的城市Anchorage停留一段时间。8月的阿拉斯加太阳似乎永远不落,由于足够的光照,花鲜艳得如同来自仙境。在那里可以看见许多当地居民,明显是印第安人的后裔,他们在宽阔的大街不紧不慢、漫无目标地游荡着,他们在拥挤的餐馆不修边幅杯盘狼藉地消费着。

从外形上看来,和其他所有各个种族各种语言各色人种相比,印第安人的后裔和我们中国人似乎有着更多的相似之处。但不知为什么,当我坐着与他们咫尺相隔,默默地望向他们时,那种心灵的距离,那种文化的隔阂,那种千年百年不同生活不同命运缔造的不同属性,把我们隔开万水千山水断陆绝。

大礼堂罗伯特的讲话结束后,我们一起来到办公楼后的草坪上,来到前一天立起的印第安人帐篷前。帐篷

从外面看似乎不大，走进去却发现很宽敞可以容纳许多人。罗伯特继续热情地介绍早先的印第安人，他的先祖们多么聪明能干，帐篷设计得多么科学合理，这里放猎物，那里放箭矛，兽皮覆盖着篷顶罩住一家人的温暖……

看着苍白的罗伯特，看着苍白的印第安人尖顶帐篷，我只感到一种深深的悲哀，悲哀这个民族的不幸、这个民族的沉沦。

印第安人，你的黑头发呢？你的黑眼睛呢？你的祖祖辈辈生活过、荣耀过、战斗过、被埋葬下去的广大绵延的黑土地呢？

印第安人和印第安人尖顶帐篷　凯丽摄影

卡车司机

泰勒是当时我在公司工作时老板的老板。当他第一次召集我们开会作自我介绍时,他说起自己做过许多年卡车司机的经历,一副以此为荣的样子。

工作了这么多年,周围的同事如果是中国来的一定有一个大学以上的学位,美国的同事也多半大学毕业,未必学的是计算机专业,但至少高中以后都摸过课本读过书,有过几度春秋又经几番考场之后的。公司是高科技公司,当兵的是白领,当官的更是白领,冷不丁冒出这个时不时用开 18 轮大货车经验指导工作的老板来,组里每个人都觉得新奇得很,私下里有时不喊老板大名,就管他叫卡车司机。

后来知道泰勒还是读过书的,但他是每年修几个学分读了十年才拿到一个学位。这消息还是我的老板告诉我的。当时老板的儿子正在上中学,估计学得不咋地,老板一着急有几天上班时经常关着门搞小副业,自己复习啃儿子的数学书,准备回去教儿子。我工作有问题不得不敲门进去请示汇报,老板说起儿子有点气急败坏,说也许应该放手让儿子学泰勒,当个卡车司机,混十几年,拿个学位,没准以后还变成了老爸的老板。

泰勒能当上头,靠的是关系网。他和我们部门的最

大老板是小时候的哥们儿。我们整个部门就是这个最大老板和另外几个伙伴合伙办起来的，之后他们将公司卖给我们现在的大公司，这几个伙伴就退休或又开其他公司去了，只剩下这个最大老板在新公司里担任要职，他顺手就把当卡车司机的泰勒请过来到新公司为他镇住一方“江山”。

说起这个大老板的春风得意，还有一个小故事。有一次他邀请我们老公司的所有职员和家属，去弗吉尼亚州他家里吃烧烤。他已经用卖公司的钱买了大片土地，再在土地上新建了大房子。我们随着他一起漫步辽阔的前庭后院，看不见任何左邻右舍，禁不住询问他到底拥有多少土地，他的土地边界在哪里？他豪壮的回答让我一辈子终生难忘：“凡是你眼睛看见的，都是我的土地。”

泰勒一是对大老板绝对赤胆忠诚；二是他也算个人物，长得一表人才不说，又能说会道，人也很聪明，听几句话就可以接上话茬接着侃。他很快就把我们行业他那一个高层需要的技术水平掌握得差不多了，剩下就是怎样发挥领导能力了，感觉他发号施令起来丁是丁卯是卯，似乎还不算太离谱。

泰勒人事变动成为我老板的老板时，我们公司正如日中升，兴旺发达，在美国同行业里举足轻重，不可一世。半年多后公司轰然垮台时，我们才知道这是大玩家吹的一个大泡泡，最后不小心又给玩砸了。

我们事先当然是不知道这些故事的。公司新大楼雄伟气魄地盖了一大片，停车楼一层一层，停车位数不胜数，闹得我经常忘了车停哪儿了，在楼上楼下转着圈子一头大汗找车忙。主楼前厅走道宽阔地如同顶级飞机场候机大厅，载人上下的滑行道也毫不逊色于任何高级商场的同类设备。从上到下，公司里人人昂首阔步，个个踌躇满志，一派兴旺景象。

实际上公司上层当时已经暗流滚滚，泰勒来当我老板的老板，是因为我们组经管一个赢利的项目，算是一块肥肉，我的老板不算上层的嫡系，所以大老板很自然地就派他的大将来玩起这种公司里夺权的经典游戏来。

后面的日子是顺着教科书的道道走，泰勒分派几个他的心腹，以帮助的名义，频繁地和我们组交流。我们每周上交的汇报要很详细，具体到哪个模型哪个分支哪段程序。我的老板也是一个极其聪明的人，我们的项目是他一手从无到有发展起来的，现在他一步步被边缘化却无可奈何，这也就解释为什么有时他干脆关起门做中学儿子的数学题。

泰勒性格豪爽，说话高声大嗓，就像和卡车司机之间互相吆喝似的。他和几个心腹下级的关系，互相你打我闹，插科打诨，不像上下级关系，倒更像是在酒吧一起喝酒的哥们儿的关系。他的办公室女秘书瑞丽金发碧眼，从来不化妆打扮，也很朴实，但看着很顺眼。有一次我和瑞丽聊天，她很得意地告诉我她先生是开大卡车的，挣老鼻子的钱了，听完她的话，我一下子就明白为什么她在我们公司，为什么泰勒这么喜欢她处处护着她。

5月的一天，泰勒跟我们宣布，第二天他给我们每人

放假，而且他还自己掏钱给我们每人买票，一起去看新上映的《星球大战》电影。

说起来我也算半个《星球大战》系列电影的影迷，电影跟着看小说也跟着读。我也见过别的发烧影迷，在办公室挂满海报、光剑，在桌上挤满尤达小老头、R2 机器人、达斯维达(Darthvader) 黑面具什么的，但还没见过泰勒这样的主儿，身居高职却不司其职，一高兴让手下人上班时间一哄到电影院，挤一堆看电影。

我们一组人到达电影院时看见长长一溜人正排队买电影票。泰勒看见我们，高兴地大声吆喝："这儿呢，这儿呢，票在这儿呢!"他的手上攥了一大把电影票，敢情他不定多早跑来排队买完了票，给大伙省事呢。

按泰勒的年龄标准，《星球大战》电影前三集发行，风靡全球的时候，正是他童年到少年的阶段。我可以想象他那时一定也是呼朋唤友，和小伙伴一起挤到电影院看电影，拿着光棒互相嬉玩打闹。十几二十年后，等导演乔治·卢克斯(George Lucas)从大伤元气的离婚阴影中缓过劲来，又披上战袍编出旧电影新传时，新一代儿童我们家的儿子们拿着同样的光棒全家打得天昏地暗，没想到过去的儿童千千万万个泰勒们，还是对这个电影系列一样的心情，一样的热衷，一样的追随。

电影看完，这边佩服乔治·卢克斯，那边看泰勒也多了几分人情，同时有点佩服他敢作敢为喜欢什么直接表扬什么，讨厌什么大声嚷嚷，爱憎分明的性格。

没过多久，我们总公司的大厦终于崩溃。报纸电台到处是我们公司的坏消息。星期四下午，我收到紧急电邮，说务必明天星期五要来上班。

星期五上午按照正常时间开车到公司，没进大门就已看出事情不对劲，停车场往外开的车似乎多于往里停泊的车。等我满腹狐疑一路走过来，来到自己的办公处时，一路上就像是看一个刚刚打完仗仍旧冒着硝烟的战场。书籍文件一地乱飘，以往精心装饰的办公写字间孩子照片家庭合影满墙满屋绿草环绕花儿盛开一派温情，现在这些忽然全部消失，只剩下毫无生命的光秃秃的墙，乱七八糟的文件柜废纸篓。

我老板办公室的门开着，我走了进去，他正在往一个平时办公室之间拉计算机器件之类使用的小拖车上装他的个人物件。

“我被解雇了。”他平静地对我说，然后告诉我同组其他的几个同事，说他们也被解雇了，早晨他们已经来过搬走自己的东西了。

“你到泰勒办公室去一下，他刚才正在找你呢。”老板没有直接提及我的命运，而是深深地看了我一眼，我理解那种目光，像是在战场上，牺牲前的战友最后离别时的目光。

泰勒的办公室不算远，很快就走到了，还没等我走进门，就看见一个不熟悉但见面打招呼另一个组的女同事，红着眼圈从他屋子里走出来。

泰勒显得疲惫无比，站起来和我握手时甚至打了一个踉跄。我已经预料到他要告诉我的话，我被他炒鱿鱼

了。“我把自己也解雇了。”泰勒最后想安慰我，“知道这些，也许你会好受些。”

回到我的办公室，已经再也找不到我的老板，只看见他刚刚用过的小拖车静静地停在我的办公桌旁。唉，真是一个细心的好老板，他知道我需要它。

后来和我的老板电邮过通话过，但我们很快又投入各自的新生活中去，再也没有见过面。只是我永远记得离开时他永别一样深深的目光，永远感谢他好心肠不怕麻烦，走回几层楼后放到我桌边的小拖车。

大部分同事同一天离开了公司。泰勒保护的几个心腹手下和他的秘书继续留在公司里工作，而他确实坚持在同一天把自己解雇炒了鱿鱼。

在我心里，那一天的公司，像是一个打完了仗的战场，狼藉不堪、一片萧瑟。卡车司机泰勒，是我见到的这场战争中虽败犹荣的最后一位将军。

永远不退休

等我进入丹尼尔公司的时候，公司内部发行的股票已经不对新职员开发。从元老级同事口中知道，丹尼尔手上握有公司股份的51%。

丹尼尔是我们公司的总裁，他是公司的主要创始人之一，同时是我们公司产品的主要开发者和程序员。他是我的老板，也是我所有顶头上司里年纪最大的一位。

工作面谈的时候，就发现他是一个很有趣的老人。海阔天空什么问题都问，就是没问职位需要的技能问题。不知为什么他问起我在中国当学生时清华毕业课题做的项目。尽管和丹尼尔公司软件产品风马牛不相及，我还是认真讲了一番我的毕业项目激光技术、干涉仪之类的内容，他很感兴趣地听完后，居然说："嗨，真挺有意思的，没准我们以后也可以做一些这方面的工作。"

丹尼尔的公司不大，二三十号人，但公司的历史却不短，足有二三十年的历史。这与当时许多新公司泡泡一样吹起来，有的吹大了，有的吹破了的情况很不相同。公司的四位创始人个个都是60岁出头的老人，一直坐着公司四大主要交椅，各司其事，协调配合。我们不断更新公司产品，许多老客户二三十年一直是忠诚的客户，又有许多新客户被一个一个收纳进我们名户下。

许多家公司想出高价，买下我们公司，买下我们的生意。所有在行业的人都知道，丹尼尔如果卖掉公司，可以得一大笔钱，之后可以当个顾问，混个副职什么的，但几乎板上钉钉，很快就剩下退休的路好走了。丹尼尔永远不想退休，所以给他再多的钱，他也不放弃自己的公司，不放弃自己的这份天地。

“你知道我爸爸的故事吗？”丹尼尔没事时喜欢和我们聊家常。丹尼尔的爸爸是以前商店里挨家挨户推销鞋子、衣服的推销员，妈妈不上班，经济来源全靠他爸爸一人微薄的工资。一家人的日子过得很吃紧，不过也算风平浪静。他的爸爸尽管工作非常艰苦，但仍十分热爱珍惜自己的这份工作。也许因为知道工作已经成了他的生活，不管刮风下雨下雪，一定准时外出工作。

等到把孩子们全部教育成人送出家门口，丹尼尔的爸爸退休了。退休后一年不到，他就莫名其妙百病齐发，撇下丹尼尔孤独的母亲和震惊不已的孩子们，撒手人寰了。

有一个阅历丰富洞悉人生的老板，是一种福气。丹尼尔像所有人一样，喜欢挣钱，但挣钱早已不是他工作的主要目标，所以他比一般的老板更慷慨、更大方。

单位每一个人过生日，丹尼尔都请客掏腰包让所有职员中午去餐馆吃午饭庆祝。过生日的人可以自己挑地点自己挑餐馆，大家一起去享受一顿美餐唱一曲生日赞歌，其乐融融，济济一堂，一大桌子围坐起来，像一个温暖的大家庭。

这样几年下来，我们吃遍公司周围所有叫得出名字的餐馆，中国火锅，日本料理，朝鲜辣面，越南牛筋，法国牛排，美国炸鸡，马里兰螃蟹，西班牙炒饭，阿拉斯加马哈鱼，墨西哥卷饼，意大利比萨，埃塞俄比亚手抓饭。周围一圈望下来，哪里有新开餐馆，哪里就有我们公司大部队立马光顾啧啧一顿评价。后来附近餐馆吃得多了，好事的生日寿星们保不准选一个离公司老远自己心仪的餐馆。我们20多人只好挤搭几辆车子，半天开过去，吃喝热闹后半天才开回来，等回来收拾利落就差不多快下班的钟点了。

公司招来一个大学刚毕业的年轻人阿诺德。阿诺德喜欢打高尔夫球，而且打得已小有成果，时不时参加一些高尔夫球比赛活动。丹尼尔一向精力旺盛，兴趣广泛。听阿诺德唠叨高尔夫球多了，觉得这又是一件要做的事，又锻炼又好玩。60多岁的人一不做二不休，马上就请了一个私人教练，跟着认真练习起来。

过不了几天，公司会议室里就多了一个高尔夫练习进洞的大玩具，没事人人都可以跑去，拿着杆子，把小球打得洞里洞外乱跑。阿诺德办公的地方离我咫尺之遥，这以后就听丹尼尔和阿诺德经常是高尔夫球长高尔夫球短，无穷无尽谈高尔夫的事，听得我耳朵不知道长了多少层高尔夫茧子。

说起来丹尼尔是个好心眼的人，自己玩自己高兴罢了，还同时希望大家玩大家高兴。他自己打高尔夫球打得津津有味，看我们听得一句话搭不上，干脆决定让大家

都去学习打高尔夫，他出钱请他的私人教练给我们开集体课。

我当时除了和孩子们一起玩过微型高尔夫游戏，还从来没有摸过正经的高尔夫球棒。记得第一次和公司报名参加练习课的十几人浩浩荡荡开到练习球场，听着教练这步法、这握法、这打法一顿示范讲演后，我很快就闹了一个脍炙人口的笑话。

教练讲完后，开始顺着给每个人做个别辅导。轮到我时，他又继续跟我讲了一下击球的要点，模拟挥了几下球棒，然后说："好吧，把这个球打出去。"我使劲一挥棒，一击球，身体360度转一圈回来一看，啧，怎么这球这么不听话，还端端站在那儿没有跑到青草地区呀？敢情是我学了半天，最后连球的边都没擦着呢。

学了两次，公司里的女将们一个个垂头丧气，叫苦连天。工作时我们一个个独当一面，不让须眉，神气得很，可一上练球场，球不听话，闹得我们洋相百出，练了两次后和从来没有练习前相比，水平没提高没准还回旋了。丹尼尔看我们这事跟他玩不到一起去，就饶了我们，继续和阿诺德之类玩他们的高尔夫球去了。

老板玩高尔夫球，对他自己有好处，对公司商业客户联络也有帮助，对我们还是有好处。以前出差到客户公司去，住宾馆是以到客户公司近作为标准，以后再去出差，就以到哪个著名高尔夫球场近还同时可以兼顾到客户公司为标准了。我对高尔夫球一直没提起精神去学习，跟着老板出差，高级高尔夫球场度假村倒住过几次，也算是见识一番。

丹尼尔最喜欢的是工作，是智能挑战。公司有一个数据库，专门存放软件程序故障和用户新功能要求。每过一个月，我们开发组的人就会开一次会，把这个数据库的内容清理一下，给每个组里的人分配清单上的内容。丹尼尔总是想揽着最难最具挑战性的活儿，还经常喜欢揽一大堆活儿，明显分工不匀。

有时他干完了自己的活，又跑来问我在干什么，和我讨论着就把我干的活又揽成他的工作。自己有时都不好意思这么连抢带拿干别人的工作，丹尼尔便琢磨出大半答案后告诉我，这样他乐得个享受解决难题的快乐，又不显得太不给人空间。

丹尼尔是犹太人，他的口袋里永远装着一枚很特别的大大的钢蹦儿，据说是从他以前去的教会得到的。有时我们有些小事需要做个决定，他就会掏出这个钢蹦儿，往上一扔后再接住，双手一拍递过钢蹦儿让我们看，根据接着时头面冲上或尾面冲上做决定，算是找着了一个又快又省事的办法。

有时我们累了或想偷懒，不想当天马上回答客户的一些问题，丹尼尔也会拿出这个钢蹦儿来决定。不知为什么似乎总是头面冲上，就是说我们应该当天回答问题，闹得我直犯怀疑，是不是他正经已经练出控制钢蹦儿方向的绝招来了。

同事在一起时间待长了，加上又是小公司，结果彼此之间你家我家，大大小小阿狗阿猫的事都拿来公司商量。

丹尼尔对我们技术上要求挺严格，但对于平时生活上的事情却很大度宽容，似乎做什么事都有道理，干什么事都应该给予空间。

但他也有很原则的时候。

有一次我们家里准备买一辆新车，就和丹尼尔以及同事闲来讨论比较 Mercedes、Lexus、BMW、Toyota、Honda 各类车。他突然变得很激动，说："我绝对不买 Mercedes 车，我绝对不买德国车。"

问他为什么，原来他哥哥的太太，第二次世界大战时被她家里人从德国千方百计送到美国侥幸保存生命，而她家里父母亲戚全部惨死在集中营里，无一幸免。

丹尼尔的儿子已经大学毕业独立在外面工作很多年了，我多年前离开公司时，他的儿子开始大半在外面公司工作，同时一周有一两天在丹尼尔的公司工作。

我想丹尼尔的儿子知道他自己什么时候才会接班公司，因为他知道他爷爷退休的故事，他当然也知道他爸爸永远不退休的故事。

田径运动员

我们组从办公楼另一处搬来时，玛丽亚是第一个跑来和我们组成员作自我介绍，尽地主欢迎之谊的。记得我们刚大致安定好，文件、书籍还没放妥，她走到我们会议室门口，一手扶着门，一手叉着腰，大大咧咧地说："嗨，我叫玛丽亚，欢迎你们来做我的邻居。"

玛丽亚做的工作，和我们组的工作很少有关联，所以我们的交流，纯粹是工作以外社交性的交流。有好一段时间，我对她不停变换的发式很感兴趣。来美国这么多年，早就知道黑人妇女喜欢不停地换发式，但玛丽亚每换一次发式，仍是让我觉得新鲜，有时变成完全的直发，有时变成一头的小辫子，有时头发颜色变了再加上长度被接上一大截，打眼一看，就像换了一个人儿。

从玛丽亚办公室门口走过，总能闻到一种淡淡的香味，她在我们单位工作已经 20 多年了，干得相当出色，管着几个员工，管着一大堆事儿，办公室里一色桃木家具布置得又实用又漂亮，窗台上书柜上几盒精心护理的绿色植物养得生机勃勃。会议小圆桌上有个长颈玻璃花瓶，里面一定有几朵她从家里花园摘下来或谁家朋友送的鲜花。

有时玛丽亚也会从我们办公大院花园里或车道旁的

花丛中摘下几朵花来放在花瓶里，忍不住地高兴，为此和她的手下又笑又叫，待我进办公室问她们叽叽喳喳热闹什么时，她会犹犹豫豫先不告诉实情，最后一定忍不住还是说出了底细。

直到玛丽亚右腿打着一个石膏保护，一拐一拐在楼道里走路时，才知道她年轻时是叱咤风云的田径运动员，而且她现在还在跑步，还在参加各级比赛，同时还兼当少年田径队的教练。我们俩又多了一个有趣的共同话题。

我从来就不是一个运动健将。小学时跳沙坑蹦得比同班同学只远不近，跳高时凭着跳橡皮筋的劲儿也马虎算中上乘水平，有一阵子练体操非常风行，我自学自练，自得其乐，练弯腰，练劈叉，练举腿，练倒立，没少把我们家的墙壁噼里啪啦打出多少脚印来。可惜从来没有被任何人慧眼认定，送我进体校练练球呀跑跑步呀，发扬光大个什么体育特长来。

喜欢跑步是被清华“逼”出来的。在清华大学上学的时候，下午一点到四点半，学校大喇叭从东阶到西教，震耳欲聋，从每一栋教学楼每一间教室，非把我们轰出来，轰到操场上锻炼身体完事。操场上人山人海，闹不清是你打球还是球打你。本来我什么球都打不好，被轰出教室想要锻炼也只有跑步一项可行。这就开始了我的跑步生涯。有时从学生宿舍跑到主楼绕着圈跑，有时从西校门跑到圆明园去，一边跑一边观光。

几年下来后，习惯成了自然，每周不跑步觉得日子过得都不对劲了。

到了美国安顿下来后，又开始定期跑步锻炼。然后又被以前公司爱跑步的同事们忽悠进了跑步俱乐部，左一个 5 公里比赛，又一个募捐竞走，不知不觉跑步又成了生活里很重要的一部分。

参加我们郡里的跑步俱乐部已经十几年了。我们郡的跑步俱乐部有 4000 多名会员，据说是全美国排在前几名的大俱乐部。俱乐部的活动经费主要靠会员交的俱乐部会费，另外，会员承包组织外面的一些跑步竞赛活动也带来不少收入，值得一提的是，我们俱乐部所有活动事项全都是由爱好跑步的人自发组织管理的。

我跟着俱乐部成员一起训练过，但我训练起来迟到早退，最后自己把自己刷下来完事。参加比赛时，感觉绝对比在清华长跑比赛感觉好，因为美国人很多都喜欢跑步，交了钱参加比赛，未必是来拿个名次，而是为了能战胜自己跑到终点就是胜利。每次比赛下来，看自己的成绩不算好，但至少是中不溜，后面还跟着一大长排更中不溜到极其慢的人。不像在清华，跑得慢的人不参加比赛，参加比赛的都是飞毛腿，结果自己几乎总是跑在最后的一批人，想得意一下都找不着得意的理由。

美国这里跑步竞赛如果是有大奖的，大半会被从肯尼亚或赞比亚之类的非洲国家训练出来的飞毛腿拿走。如果是小奖或没有奖的比赛，就是玛丽亚这些昔日骁将们殊死拼搏的新战场。

玛丽亚的脚后跟，是她每次跑步训练重复受伤的地

方，说起来希腊神话中战神阿瑞斯唯一没有被神水浸泡过的致命弱点就是这同一个地方（Achilles' Heel），最后阿瑞斯还是被太阳神阿波罗一箭射在脚后跟命绝身亡。

“我看你还是放弃下一次比赛，缓一缓再说。”看她仍然缠着石膏，还在惦记着不久后的下一场比赛，我这样劝说她。

“哦，不行，我说过我要参加。”她不容置疑地回答。

“可你的成绩不会好呀。”我确实不了解运动员的生活。

“我可以吃止痛药。”她毫不犹豫地回答。

玛丽亚一般大比赛之前，会把发式变成梳了几十个小辫子的那种，显得人很精神利落。我猜想也许这种发式对跑步速度有帮助，或者这是她出征前的一种习惯，一旦阵势摆出了，心里只有往前走一条路。

楼里的一位同事找到另一份好工作，大家筹备着办欢送会，每个人大致圈定带不同的食品或水果饮料等，玛丽亚答应说会准备一个蛋糕。欢送会那天，玛丽亚抱过来两个自己亲手做的特大蛋糕，一个是草莓奶油蛋糕，另一个是香蕉布丁蛋糕。蛋糕做得漂亮极了，绝对的专业水平。

她告诉我们，她从前一天晚上就开始忙活，欢送会当天上午又起个大早接着忙活。“谁让我答应说要做蛋糕呢。”她这样对我们解释为什么她做不仅仅是一个蛋糕而是两个蛋糕，她不能辜负只能超越别人的期望。

对于玛丽亚，既然答应做什么事，就只有做成事或把事做得更好的选择，就像田径运动员，站在跑道上，听到起跑的信号枪声，没有第二选择，一定是本能地冲出去冲向终点。

因为他们所有的训练，加上他们本身的素质，已经造就他们在此刻只做一个选择的生活方式。

打　字　机

小时候妈妈在市委科技局上班，因为她的单位坐落在我每天走路上学经过的街口，所以妈妈有时会招呼我进办公室里玩一会儿。有时闲来无事我自己也会顺路走进办公楼里。

说起来20世纪70年代中国政府的办公楼实在是简单朴素得不能再简单朴素，办公室里不要说有计算机可以像我儿子现在一样来了坐在面前至少可以打一通扑克牌游戏什么的，那时的办公室椅子是木头的，不带转不带升降的。窗户可以打开，通风失火着急遇个急事可以直接从窗口跳下去，不像现在办公楼窗户越建越大已经不知是窗还是墙，就算是墙，也是没有门的墙，走不出去跳不出来的。

办公室里最让我着迷的是打字机，那种老式的中文铅字打字机。

妈妈单位当时年轻美丽的打字员，和妈妈是好朋友，所以有时我可以站在她的打字机旁，看她打文件。她的打字速度非常之快，拿着打字机操作杆，前后左右，将一颗颗铅字夹起来，再“咔嚓咔嚓”按下去，小铅字就全部隔着色带印到纸上了。

打字机没人用的时候，我就可以小心翼翼站在它旁边琢磨它，伸着脑袋来回寻找倒置反写的铅字，想象着自己也可以拿着操作杆，“咔嚓”夹起一个铅字，高高举起来，再“咔嚓”把字敲到纸上。

告诉打字员我知道这个字在这儿、那个字在那儿时，她总是高兴地拍着我的头说我是一个聪明的孩子。去妈妈办公室总是一件愉快的事，除了可以看看或摸摸打字机，和单位里叔叔阿姨们打打招呼说几句话也是一件令人高兴的事。

爸爸妈妈是那种比较老派的父母，爱着我们但很少表扬我们，尤其在家里我不算听话，所以回想小时候的成长过程，我几乎没有被父母表扬过的印象。倒是妈妈单位的叔叔阿姨们，给了我更多的表扬，时不时不经意或好意地说起一些话来，让我不断发现自己以前不知不觉的一些优点。

一次在办公室，记不清我重复了一句什么话，或者什么故事，妈妈同事张叔叔吃惊地睁大眼睛望着我，不可置信地说：“天啊，这孩子怎么记性这么好!”那种真诚的惊讶表情我永远记得清清楚楚。这之前我对自己记性好坏没有任何意识，他永远也不会知道，他小小的由衷的一份惊讶和赞赏，给了一个孩子一辈子的自我肯定。

上了清华大学以后，仍是在心里喜欢着妈妈单位的打字机，喜欢那种“咔嚓咔嚓”的字立即打在纸上很神奇的感觉。

1989 年的一天，听消息说长安街西单一家商店第二天要卖个人打字机，我和男朋友从大半夜就跑去排队，到

底花了一百大洋买回来一台自己的打字机。不再是铅字的，也不是中文的，但仍然是那种按一个键后纸上就显示出一个字母的老式打字机，那种“咔嚓咔嚓”保留着我幼时神奇感觉的打字机。

在清华大礼堂前青青的草坪上，在温暖明媚的阳光下，我躺在草地上，枕着新打字机的黑色盒箱，清晰地回味着童年时被打字员阿姨夸奖时的那种愉悦的小小心情。

我孩子们小的时候，有机会我就会把他们带到我上班的地方，让他们和我的同事们打打招呼说几句话，让他们走走转转发现一些我们习以为常而对他们也许还神奇的物件。尤其是一年一度的“带孩子上班”日活动，单位组织的活动总是别具匠心生动活泼，孩子们来一天玩一天学一些东西，然后再带回一大包纪念品回家，所以每年都高高兴兴乐此不疲。

小儿子小学三年级时写了一篇很优美的小短文，我看了以后，对他的写作水平大加赞扬了一番，而且把文章和单位同事分享阅读一番。听完我的赞扬，儿子先是很高兴，然后有些狐疑地看着我，认真地搜索着我的眼睛，叹了一小口气说：“唉，我不知道你是真的认为我写得好，还是因为你是我妈妈你想说我好。”

这之后不久就是“带孩子上班”日。回家的路上，小儿子想起来告诉我，他和我的同事格姆说了几句话，格姆告诉他读过儿子的那篇小短文，格姆同时由衷地夸奖他：“你写得真棒。”

我想起了妈妈单位的那台老式打字机,想起我在清华买的现在也变成老式的打字机,想起那些阿姨叔叔们曾经不经意或善意地对我说过的夸奖的话,那么深刻地被铭记下来,那么深地刻在我人生的路上,不断给我自信和肯定。

不知道是否有这么一台打字机,咔嚓咔嚓,仍一字一字敲打着岁月。

咔嚓咔嚓,等岁月沉淀下来,也许在孩子们的心里,已被敲上童年时的美好故事,也许一句不经意的美好话语,会被深刻地铭记着,会在他们的路上,给他们自信和支持。

也许昨天的故事也是明天的故事。

办公室里的咖啡厅

我们办公楼是整个科研中心的总部管理大楼，所以理所当然除了大小首长，大厅剧场外，楼里还有一个咖啡厅，供应咖啡、早晨餐、中午餐和其他零食杂物。

咖啡厅不大不小，有七八张贴着墙的四人对排座餐桌，其中一张桌子上铺满了许多英文小说和当地报纸，让人浏览阅读。沿墙橱柜台面上，供应不同种类的咖啡。瓶装水和各类饮料放在大冰柜里，旁边一些架子上挂着各种土豆片花生小吃之类，挨着收银台一字排开。放着当日热汤大罐的桌面对面，当日销售的中午热食，就盛放在一排大大的玻璃食品柜里面的烘热架上。通过食品柜的通门，可以看见里面的厨房，咖啡厅的女主人凯茜便在这三分地的小世界里穿梭来往地忙碌着。

我经常去凯茜的咖啡厅买午饭，一来是因为方便；二来也是因为在咖啡厅总能见到我们中心一些有趣的人，说不定哪天碰到的还是美国乃至世界闻名的农业专家呢。大家把这儿当成一个短暂的社交场所，随便聊聊天，谈谈一些轻松的话题，也算一个很好的工作休息方式。

实际上凯茜在我们楼下开咖啡厅，不是完全自愿的事。她的先生和儿子儿媳，掌管离我们几分钟路程的美国农科院总部大楼的咖啡厅生意，生意好得很。可我们中心的人不能天天开车过去吃饭呀，所以和她家庭签协议，假如他们想保持在大楼的生意，就同时必须给我们大楼也开伙。生意不够，反正楼是政府的，她在我们楼下的咖啡厅一文租金都不收，就图着她给我们提供个方便。

隔三岔五去凯茜的小店，我不久就和她混得熟人熟面，互相以小名称呼。实际上凯茜在这里开店多年，可以叫上所有老客人的名字，知道他们喜欢的食物。有时我晚一点下楼买饭，看她还守着一些热食，说谁谁谁今天还没来，她得留着这些给他们。

我很少点柜台热架上暖着的食品，大部分时间都喜欢点现做的奶酪三明治、金枪鱼三明治之类。凯茜干活是一件事，和人聊天也是一件事，两件事同时进行，没有一段时间，她交不了活我交不了钱。到最后我看着她一步一步在柜台后面电烤架上慢慢干活，跟着她学做三明治，自己估计和她手艺也快不相上下了。

凯茜一家住在靠近北边巴尔的摩的郡里，她一家人都是狂热的巴尔的摩橄榄球队乌鸦队的球迷，所以她最爱的话题就是球队的情况。但不知为什么，我们中心的科学家工作人员没有多少对橄榄球感兴趣的，她不容易抓着人抒发观感，知道我上学是在巴尔的摩上的，以为我是乌鸦队的球迷，便有时抓着我眉飞色舞大谈特谈。

实际上我绝对不是乌鸦队的球迷，最多是看它球赛时稍偏向一些，不跟着起哄而已。

我倒是很久以前(上学期间)研读过球队由此得名的美国著名文学家爱伦·坡(Edgar Allan Poe)的诗作“乌

鸦”，每次读每次都为诗人的才华所折服。前面几行诗句，一下子就将你带入爱伦·坡创造的悲凉情绪中，读到最后魔咒似的重复的“永不在”(Nevermore)，得半天才缓过神来，心仍是浸在它的忧郁美中。时常也会读到有关爱伦·坡死去真实原因的不同探讨，还有让人觉得诡异，几十年来他的冥日，在他墓前，神秘敬上科涅克白兰地和玫瑰的人士。

在巴尔的摩住过留下的痕迹，是从先生到孩子，都是巴尔的摩棒球队金莺队的球迷。对离得靠近一些的华盛顿国家棒球队“国家队”(National)，反倒没有太多的兴趣。橄榄球我们偏向这里的“红皮肤”(Redskins)球队，尽管球队一年比一年打得臭，还是它的球迷，可见球迷对球队的忠诚很难理喻。

说起来要不是亲眼见亲耳听，后来慢慢快被拉下水，我是无法了解球迷的世界。凯茜在咖啡厅到处挂着乌鸦队的队旗、照片，她自己的工作服也是乌鸦队球队的紫色。想起组里的同事马克，明明是从马里兰长大的，娶了从威斯康星州过来的太太，一转身就变成绿湾包装工(Green bay Packers)橄榄球队的铁杆球迷，长年累月穿的大多是带有球队商标的绿色衣服。后来马克不幸去世，我们去教堂参加他的追悼会，马克的哥哥跟我们分享一件马克的趣事。原来马克在家里看绿湾包装工橄榄球比赛时，喜欢坐在外面的阳台上，喝着啤酒，隔着纱门往屋子里面的大电视看。问他为什么这样，马克说这样挺像在体育场现场看球，离得远远的感觉。

楼下咖啡厅对我来说，除了方便，除了在那儿交一些朋友，还有时挺实际地变成我答谢朋友帮忙的方式。

一天，不知为什么突然间屋顶从漏雨滴答滴答，到很快大水如注，大水正正浇在我工作的桌面。和同事顺着梯子爬到顶层阁楼一看，原来大楼空调冷凝器下盛水的金属盘，不知为什么循环水堵塞，水位上升漫了出来，而我的桌面隔着一层楼，正好在盛水金属盘下面。

自觉风水不好，想到不定哪天又遭水灾，我决定搬“家”。我自己搬不动，是同事帮我又卸又装，又搬又挪，搬到另一处避开头顶上不测水源的办公空间。想到我们平时小打赌时，经常以楼下咖啡厅一顿午饭为赌注，所以为答谢同事，我颠儿颠儿地到楼下买几份午饭抱上来，大家高高兴兴又很自然地接受了这种特别的谢意。

后来我们办公楼旁边的购物小区，新盖进驻了几家颇受欢迎的小吃店，凯茜的咖啡厅生意更加萧条。有一次我们组在院里举办活动，有几十位国际国内人士前来参加活动，我还特地介绍他们从会议活动会场，走来到凯茜的咖啡厅进餐，算是照顾她的生意。记得当时一位来自韩国的哥们儿，高高兴兴随一队人马跟着我从会场走到咖啡厅，转了一圈，什么也不想买，问我：“有米饭吗?”然后又加上一句，“有没有酱油?”

我一下子乐了起来，又同时有些小内疚。敢情这位亚洲同胞，连吃几天会议提供的三明治、薯条、鸡腿之类，“朝鲜胃”开始抗议了，今天准备酱油泡白饭地犒劳自己一顿。可惜凯茜店里从来没有朝鲜泡菜，不做米饭，也没

有酱油，最后朝鲜大哥只好委屈地吃了几片生菜沙拉敷衍了事。

我带孩子来单位参加活动，总会带他们去凯茜的咖啡厅买午饭，让儿子和凯茜认个脸，打个招呼，这样以后我回家在晚餐桌上，谈起在她小店和各个熟人及凯茜有过的各种趣味谈话，或者买一些凯茜的食物带回家时，儿子至少有一些概念。凯茜早就听我说过儿子和我一样，喜欢她的食物，所以当她看见儿子来店里和她打招呼，也顿时高兴得像是见着了老朋友。

和出身完全不同，背景完全不同的人，因为一个小小的原因，走到一个小小的空间，共处短短一刻。两人面对着，只要真诚相处，彼此就会接受对方，就会在离开走下一段路时，多了一份小小的高兴心情。

铲　雪

我们居住的马里兰州，有着分明的春、夏、秋、冬四个季度，除了春天经常走得很仓促，不等人们换过几套得意的春装，就匆匆跨入需要短打扮的夏天，其他的季节都是一步一个脚印从大地稳稳地走过。

下雪的日子，冬天的脚步洁白而沉重。大雪纷飞覆盖万物，邻里孩子们穿上雪裤、雪衣、雪鞋，堆雪人打雪仗，铲雪机呼隆隆轧过街道重新推出一道道黑色柏油马路，撒盐车嚓嚓嚓左一遍右一回喷撒盐沙，继续制造着据说美国消费全世界近乎 1/3 盐的神话故事。

而大人们千篇一律的故事，便是在自家车道人行道上弯腰铲雪。

从联邦政府到地方政府，再到居民委员会，没有一项经费是用来清扫千百万居民车道上积雪的。但是如果住房外的积雪没有及时铲除，有时屋主会收到通告罚单，而且几乎所有屋主都被告知一个基本的法律，假若有人遛狗或散步，由于雪地冰滑没有清扫，滑倒摔坏在你应管辖的车道或人行道，你会被追究责任甚至被要求赔偿损失。

有些人花钱雇请外面的工人来铲雪，但大部分的屋主选择自己铲雪。长年累月下来，倒也是铲雪有铲雪的技术，铲雪有铲雪的乐趣，铲雪有铲雪的苦楚，铲雪有铲

雪的故事。

前几年的一个春天，公司举办了一个退休欢送大会，欢送在公司工作了20多年，每天笑容满面，热情地和所有人打招呼，推着小车各层分发邮件的老员工亨利。他是坐在轮椅上被家人推着进入隆重退休会场的，一眼看过去，亨利左腿膝盖以下的裤管是空着的。

我们早已从公司不断的消息更新布告中知道，亨利在当年冬天的一个早晨，去自己家车道拿当天的报纸，准备上班前阅读，雪地还没有铲清干净，亨利年龄大了些，有些不利落，结果就摔了一跤，把左边脚踝摔坏了。不算严重的摔伤，不知为什么去医院看完后，情形越来越糟糕，先是消息告诉我们亨利要做手术，大家又是签卡又是集资送礼物表示关切。然后消息越来越萧瑟，说手术效果不好，病毒感染，一直从脚踝影响到腿部，最后我们目瞪口呆地得到一个消息公布，说亨利的左腿不得不被切除，以防止病毒侵入更多的身体器官。

亨利在雪地里在自家车道摔了一跤几乎搭去一条命，更不用说推小车上楼下楼送邮件的工作了。公司对这位几乎工龄最长、人缘最好的员工十分照顾，安排了隆重的退休活动，还给予慷慨的经济补助。所有职员更是对事件离奇的结局唏嘘不已，感触万分。

我们住户区一圈五六家，都是自己铲雪。雪停了，大家都会走出来，趁着天亮温度高一些，赶紧把车道的雪铲完，这样不等夜里温度降低时，留在地上的雪结成冰，隔一天更难铲。不铲雪，且不说出门看不出路高路低容易

滑倒，如果第二天或夜里再下一层雪，盖在夜里积雪冻结的冰面上，那危险麻烦的程度就更大了。

我们的邻居叫贝蒂。我们搬来时她的孩子们已经离开家大学毕业工作了，她和先生不久前刚离婚。她的先生搬走后，贝蒂继续住在这幢她住了20年的房子里，并且告诉我们她会一直住下去，因为她热爱这个房子，热爱这个区域。她是在这儿把孩子带大的，她无法离开孩子们留在房子每一处的记忆。

贝蒂是个特别热情而且精力旺盛的白人妇女，她在我们当地郡政府工作，所以时不时会传发给我们小区居民一些当地政府可能涉及影响我们生活的政策章程，以及我们应该怎样应对之类的知识。她同时还是我们小区居委会的负责人之一，对于这份业余的志愿性工作，她也毫不含糊。前一年夏天，我们发现一些不明不白的人，大半是附近高中生的大孩子们，踩过房屋中间不是走道的草坪地段，有时聚集在我们住宅小区有着高大松树的中央花台区抽烟喝酒。

贝蒂一不做二不休，拿出把离婚前夫贵重庞大的健身设备、几十美元几乎白送给另一家邻居的泼辣劲，组织我们所有住家签字画押请愿，最后到底是说服有关部门出动人马，将高大繁茂阻挡视线的松树连根拔掉，换栽成矮短一些品种的小树，这样中央花园区可以一目了然，没有藏匿隐蔽的环境，那些不明不白让人感觉不安的人们自然就再也不光顾了。贝蒂还在请愿书建议上加上公园长椅花丛绿叶的要求，结果我们小圈里的中央花台，又漂

亮又别致又安全，让人不得不佩服贝蒂的热心和能力。

但冬天铲雪，对离婚不久、独住的贝蒂来说不能算是一件十分得心应手的活儿。

好在贝蒂家的车道相对来说短一些。她从来拒绝我们的帮忙，铲一下，休息一会儿，和我们聊聊天，看我们孩子们和其他小伙伴砸雪球玩，然后再继续铲，每次下雪后她都将车道打扫修饰得还过得去，这之间又高高兴兴和大家多了些机会打趣聊天。

一天早晨起来，大家全被门外的景象震撼住了，整个世界结了一层冰！下了一夜的冰雨后，第二天一整天见不着一丝阳光，打眼望去，不是见惯了的洁白的雪被和圆鼓鼓怪可爱的屋顶，而是一切看上去都是晶莹透明披着一层硬邦邦的冰衣。小心走到车道，滑溜溜地就如同走在滑冰场。拿起雪铲铲起雪来，发现根本铲不动，冰冻得结结实实，唯一使得上劲砸得下去的是平时种花种草挖土用的大铁锹。

只有打雪仗没有打冰仗的，孩子们只好乖乖待在屋子里面。我和先生在外面拿着大铁锹，"吭哧吭哧"敲打冰块，累得腰酸背痛，经过好几次休息又爬起来接着干了几个回合，近乎晌午才把车道开辟出来。

别的邻居和我们一样，"吭哧吭哧"个个累得半死，在自家的车道跟老天爷的玩笑作战。贝蒂也在忙，可是这次的硬骨头实在是太难啃，等我们准备收工时，贝蒂的车道还有大半仍在冰冻层下面，贝蒂已经累得失去了笑容，一副无可奈何的样子。等我和先生再提出帮忙的要求时，她也不再拒绝了。我们坚持着又是一阵"吭哧吭哧"，总算在快虚脱前，终于把贝蒂家的车道也清理出来了。

两年后我寻找新工作到我下一个单位面试，面试很顺利，工作合同签得更是出乎意料的神速。上班的第一天老板按惯例带新职员出去吃饭，我们坐在一家三明治店一边吃午餐一边聊天。

“你认识迈克吗？”她问我。

“迈克是谁？”我糊里糊涂。

“他是人事部的，他说你和他妈妈是邻居。”老板接着说：“他说你人很好，还帮他妈妈铲雪。”

我一下子就反应过来了，原来贝蒂出去工作的儿子，是我新公司人事部的要员。我的工作简历上写有家庭住址电话号码之类信息资料，他读到时自然认得自己孩提时的家，一定很好奇打电话询问妈妈，然后一定是贝蒂告诉了他我们帮她铲雪的故事。这之后就是我神速的工作合同，优厚的待遇报酬。

几天后，我去楼上公司高层管理人员办公室区，向素未谋面的迈克当面表示感谢。来到办公室门口敲门时，迈克应声抬头的第一瞬间，我就看出他和贝蒂长得相像的许多地方，高挺的鼻梁，线条优美的唇形，眼睛是贝蒂的眼睛，眼神也是贝蒂的眼神，充满笑容，充满热情。

回到住宅小区，和贝蒂说到这件事，感谢她的美言对我的帮助，她微笑着，说了一句：“这是因果报应”(This is Karma)。

原来我们在真心帮助别人的时候，说不定实际上也是在帮助自己。

同事肖恩

同事肖恩的工作是给我们的软件项目编写用户手册,程序指南,同时负责培训用户用我们的产品。他对我们的产品充满热情,再加上和用户直接接触,听取反馈意见,所以他总有无穷无尽的主意。

他的写作速度和文笔之好,让我刮目相看。有时我都纳闷,他不是搞技术的,怎么听我们比画几下就把一段功能讲得头是头、尾是尾,特别清晰明了。我有时恨不得还得回头看看他的手册,想想我们这块或那块软件功能区到底藏了多少功能。

每周组里开完会,很快他的会议记录就会发给上至领导,下至同事,洋洋洒洒似乎到会者说的每一个字都被他记录下来了,不仅被润了色,还被适当地归在不同章节里。他会在自己喜欢或想提倡的观点处,渲染一些,用正面词多一些,而在不太待见的问题上,会很含蓄地加入一些负面色彩。过了不久,在他的每周熏陶下,感觉好像组里从上到下,都和他保持基本步调。想想司马迁的《史记》,到底历史就是那样,还是被司马迁写成那样了,我不敢斗胆揣测,但肖恩笔头的厉害和影响力,我除了佩服还是佩服。

尤其出了一次差到外地,由于经费不足肖恩不能成行，我必须回来后汇总一份会议记录。说起来我也是一天到晚不停地发电邮写豆腐块报告，在美国职场工作了十几二十年的老手了，准备那份会议记录花了我大半天时间且不说，还不知道落下了多少细节，和肖恩随手写来的会议记录相比，一打眼都可以看出水平高低不在一个档次。

讲起说英语，写英语，也许因为我是青春期后才来到美国求学，所以无论怎么努力都带着口音，都时不时犯一些语法错误。一开始时，还有好心的美国同事，想帮助我校正口音，或提醒一个语法错误，我还和这个同事开玩笑，说他可能在不拿钱为我做一份语言教师的全时工作，他反倒调侃自己，问我："知道会说两种语言的人叫什么？"

"Bilingush(双语)。"我回答。

他又回："知道会说三种语言的人叫什么？"

"Trilingush(三语)。"我说。

"那么会一种语言的人叫什么呢？"他继续问。

我还真不知道答案，只好问他是什么。

"American (美国人)!"他回答。

我们全都哈哈笑起来，我理解他这么调侃自己美国人的一片好心。是呀，我应该感到骄傲，中文是我的母语，英语是第二语言，说着说着蹦出一两个中国词、中国语法有什么大惊小怪的嘛。

肖恩是爱尔兰人的后裔。好像没见过血管里流着爱尔兰血的人不爱喝酒的。所以，肖恩特别喜欢喝酒。有

一次肖恩全家去爱尔兰寻根游览回来，我问他都看见什么好看的，他说爱尔兰祖先处很荒凉，墓地多于房屋，其他什么也记不清楚了，只记住各个酒吧啤酒的味道。

出外出差一起吃晚饭时，美国同事一概要先找酿造当地啤酒的餐馆。肖恩大肚子，多少啤酒都能装下，我的老板六英尺二三英寸一米八九大高个，有多少东西都能塞下，反正他定期去健身房，光吃不见胖。我努力想保持体形，吃不多，喝不多，结果就是我一半酒给肖恩，一半菜给老板，大家落得个皆大欢喜。

喝酒有喝酒的好处。肖恩一边喜欢喝酒，一边喜欢收集关于喝酒的笑话，我想大概因为他对很多这类笑话有很多深刻体会的原因。每当他开培训班讲课时，碰到一些冷场的情况，他就会讲一两个这类笑话，把听众笑得前仰后合，倒也算是救场的绝技。

肖恩的太太在我们当地的一所大学当老师，他们只有女儿一个孩子，还是夫妇俩走遍世界四十来岁安顿下来后出生的。夫妇俩都是大学毕业又继续深造过，学识渊博再加上他们特别珍惜和这个女儿一起的生活，所以孩子从小到大不上公校私校，是他们自己在家里教育出来的。他家里办公室放着三张桌子，每人一张。多少年来他从来都是自己开咨询公司，每次和新公司谈判都坚决要求可以有大量在家工作的时间，这样他可以和太太协调计划，共同在家教育女儿。

认识肖恩的时候，他的女儿正在上大学，可以从他的谈话中听出他特别期盼着学校暑假，暑假女儿又可以回家，他们又可以回到三人一家的幸福时光。

不久他们买下一块偏远郊区一幢摇摇欲坠的旧房子和所属的几亩田地。那个暑假，女儿和他们在那儿又是种菜又是养兔子又是养鸡，忙得不亦乐乎。他晒得黑黑的，有时手指甲的泥土还没有完全洗干净似的就来开会，高兴得不得了，给我们看他女儿开的网站，他女儿写的关于农田的文章、拍的照片等。这才知道他的女儿也是写得一手好文章。夏天之后，他就带着一篮子西红柿一篮子黄瓜什么的给我们组里人分享，还带着他们怎么养十几二十只鸡、怎么养一大堆兔子、怎么做番茄酱烧鸡肉烧兔子肉吃的故事。

发觉他讲的时候，经常的重点是讲他的女儿，像是在回味和女儿一起时的幸福，因为他知道女儿翅膀硬了，要飞出去了。天下父母都是一样的，又想和孩子在一起，又想孩子飞得远远的。

肖恩女儿美国大学毕业后，又继续到法国里昂一边打工一边继续深造，完全继承了她爸爸年轻时喜欢全世界到处看看玩玩的传统，肖恩和太太这之后所有假期也全攒足了往欧洲跑，去看女儿，再带女儿满世界转悠。

我们全家从欧洲度假回来后，我跟肖恩说我们在里昂逗留期间，特地在有城市名字和标志的市中心广场照了几张照片。他听着脸上就放出光来，要看照片，当我把照片打开在屏幕上让他看时，他看着照片那种幸福柔和的目光，就好像在看着他的女儿，因为他心爱的女儿当时就在那个城市。

他指着照片，问我有没有去照片右上角上的教堂，我们还真没有想到去那个教堂，看着是挺好看的，可欧洲好看的教堂太多了，我们在著名的景点还没踩实走完呢。

他告诉我他们夫妇上次去法国看望女儿时，因为女儿住的地方也就在教堂不远处，所以他们就去那里做了一次礼拜。然后肖恩实在忍不住高兴，又和我讲了一个故事。原来做礼拜那天，他和太太站在比女儿靠后的一排，他还偷偷抓拍了一张照片，是看见两个年轻的法国青年，殷勤地和他女儿搭讪聊天。他和我谈起女儿时，为女儿骄傲的那种表情，那种深切思念女儿的感情，那种洋溢的父爱，简直让人感动不已。

谈起在欧洲旅游度假，我们全家去意大利时，不到一周，已经从威尼斯到佛罗伦萨到罗马全部横扫过来，在罗马时，一边防着小偷，一边挤得像沙丁鱼似的在梵蒂冈圣彼得大教堂看伦勃朗《创世纪》油画。肖恩一家三口花两周多时间从意大利回来，谈起的经历是怎样到意大利郊外找意大利当地普通居民家住，怎样在不会说一句英文的意大利“农村人”中挤得像沙丁鱼一样，和鸡呀、鸭呀一起上长途车的故事。他说得津津有味，旅游经验独树一帜，大伙儿一边听，一边把挤一次意大利农村长途车、住一次意大利寻常百姓家排到将来旅游计划里。

肖恩一肚子墨水，又走南闯北，阅历丰富。和他聊天真是一种享受。任何一个话题，无论是风土人情，无论是政治经济，他都能侃侃而谈，都能拎一段典故，加一段个人经历，让你像读一本有趣的书一样。

他在谈话中经常用一些英语成语。我以前对在什么场合确切地用什么英语成语，或对某些词的力度适用场景不很清楚。几年下来听他讲活，这方面感觉也受益匪浅。

我们组把一个项目承包到外面公司，等花了钱外面公司交给我们结果时，发现质量实在是不尽人意。承包单位和上司们有着千丝万缕的关系，所以我在起草回复的电邮时，写了改，改了写，不知道说什么好。

肖恩发了一个电邮过来："If you have nothing good to say, say nothing!"（假如没有好话说，就啥话别说！）我又一次见识他阅人无数历事无数，处理事炉火纯青的水平。

古人说得好哇，三人行，必有我师。

大西兰花

当杰米出现在我办公室的门口，大声招呼着“嗨，你要不要西兰花菜”时，看他脸上一脸高兴的样子，不用猜我就知道他又干了一件什么好玩的事。

走出门外，看他正扶着一辆我们平时用来搬办公室家具或者倒腾大器件的拖车，上面小山一样堆着西兰花菜。这西兰花菜看得我只有傻眼的份儿，吃了这么多年美国蔬菜，什么时候见过这么大这么绿的西兰花菜呀，看着跟假的似的，掐一小块放在嘴里试一口，那个清脆那个新鲜劲哟。

我第一次见过西兰花菜是在中国当学生时，当时靠朋友帮忙抓一些给老外当导游赚外快的机会。20 世纪 80 年代末老外来得不够多，所以我外快没赚多少，不过眼界倒是开了几回，爬完长城逛完王府井，资本家付钱后至少还得外加一顿高级西餐什么的。这就看见品尝了西兰花菜。

当时第一次吃西兰花菜，一边还犯纳闷，这老外怎么把我们的花菜给改成绿色的了，而且味道改得真不地道。还发现老外把我们南方的小水芹愣给整成个大个子芹菜，一盘菜只给几根菜梗子。等到汤来了，更是傻眼，两片西瓜往凉牛奶里一站就给端上来了，还好意思叫作汤！

清华学生食堂我们厨师从装在大洗澡盆里，撸起袖子随便抄出来的一碗面汤都可以和这个叫板。

说起来杰米和我一起工作的单位，也算是坐落在一方宝地上，方圆七千多亩地，据说是世界最大的农业科学研究院。除了老鼠留着给不远处的NIH（美国国家卫生研究院）养着上手术台，我们研究院牛猪鸡鸭什么都养，还有一片一片实验田，一个一个大棚子种各种蔬菜庄稼，让各个实验室观察研究虫害、灌水、温度、湿度各种课题。

正好那一年有块实验田被用来种西兰花，研究不同的土壤和植被对西兰花成熟开花的影响。西兰花有院里的农业工人按着科学家设定的配方栽种，成熟后收获下来，找一些典型样品过一下秤，量一下尺寸，给研究项目提供充足的研究数据后，西兰花就完成使命了。

杰米在院里人脉极强，跟工人农民广大群众统统都可以打成一片，所以没有他不知道的消息，他喜欢帮忙更喜欢玩，得到收获的消息后乐不颠儿地跑去又是摘又是切，帮着工人和科学家忙活一阵子后，便拖着小车在我们楼里满楼给同事送新鲜的西兰花菜。

我们楼是研究院的主楼，楼下一排排是头头脑脑们的办公室。研究机构美国国家总部就设在我们旁边，车还没发动暖过劲儿就开到的地方。在这儿上班，自有近水楼台先得月的好处，楼上楼下进出一个门，抬头不见低头见，日子长了脸混熟了，需要发表一个意见阐述什么观点干什么事的，没准一把拽住一个大头小脑。又是细雨又是打雷，然后也许看见效果得到反应。当然世上所有

事都一分为二，有时距离优势变成距离劣势，总部人可以一蹬腿一散步就踱到我们大院来，管起我们的闲事来让我们躲都躲不过去。

我们楼的最底层是一个可以坐几百号人的大礼堂，弯穹高顶，国旗部旗很是气派。经常是部长视察讲话，美国国家颁奖活动，新官上任仪式，热热闹闹，一大堆人一大堆活动。

杰米喜欢照相，30 年前他在科研组研究蘑菇真菌之类，因为需要照大量照片存档比较，他在暗室泡久了，泡出一堆人人称赞的照片，还发明出光照桌，让照出的样本照片清晰生动。最后就玩成了图像艺术家，一个劲儿在科学杂志发科学照片。他喜欢帮忙又喜欢给各种活动照相，自自然然就玩成我们研究院非正式头号摄影记者，每次大礼堂活动，就见他拿着越来越先进的照相机，让头头脑脑加上领奖科学家们个个冲着他笑得山花烂漫。

知道我如果没参加什么活动而又想知道个大概的话，问问杰米就可以。院里几乎人人认识他，人人喜欢他，他也认识院里几百上千号成员里经常抛头露面的人物，所以他几句话介绍过来，就把个活动场景八九不离十地描述清楚了。

我到研究院工作时，杰米正式的工作已经早已从他原来的科研组调到院里信息技术部门，专门管院里的网页设计。说起来这又是他好玩玩出来的一个结果。

他在以前科研组工作时，从黄石公园，大提顿公园采集稀罕蘑菇回来，再到怀俄明杰克逊洞巢区拍了照片上了杂志还是不过瘾，还梦想放到当时才时兴没多久的互联网上。自己琢磨怎样把文章照片漂漂亮亮做成小 Slideshow 给外面人看，就不得不啃编程程序。编着编着就编成了专家，被院里领导借过来不撒手，后来看他玩得又高兴网页做得又漂亮，院里干脆就把他连锅端调任过来了。

有一次我在整理我们组以往的软件程序，赫然发现杰米的名字标注为一段程序作者，这一个惊讶，怎么哪里都能看见杰米呀！瞪着眼睛走到他办公室，问他，我们组里人个个自诩精英，钻进象牙塔不理不服外面人的，怎么会让他插上一腿？

他一听就乐，先谦虚几句，然后就忍不住高兴地说起故事来。原来又是他消息灵通喜欢玩喜欢帮忙的结果。组里当时要做一块新功能，人手不够，他高高兴兴不邀自来写来几段，又好又快，组里人平时和他也是君子之交，收到了也就加上了，然后就名垂青史永远在我们组里的程序库了。

想起来杰米真是很有意思，不图当官不图发财，凭着心意，什么事新鲜玩什么事，天分不低，所以每件事都给你玩得生动活泼，都给你玩得像模像样。自己玩得不亦乐乎高高兴兴，人家看着丁一卯二头头是道，一边玩一边给单位给大伙儿帮大忙。

榜样啊，这工作就像是玩，玩起来就是工作，一辈子做到这么精致的玩主水平，不算是可歌可泣，也足足是可圈可点。

午休时间

毕业后在美国各个公司上班，工作中间都大约有一小时的午休时间，除了经常喜欢组织相约，和同事朋友们出去吃饭尝鲜外，我更多的是参加公司里不同形式的各种业余活动。

一般来说，公司越大，神仙越是多，查看午休时间活动内容时，就经常得在几个都想参加的活动中间割爱取舍。

有些活动充满娱乐性。记得在首府华盛顿的世界银行总部大楼上班时，有几次午休时间就是在楼里大会议室，观看厨师讲解怎样做各种菜。原料，配料，刀工，火候，一通宏论后，我们每人津津有味地尝着大厨新出炉的佳肴。

有些活动一边教你知识，一边教你怎样花钱。我开始了解钻石首饰，还得归功于早年在世界银行听人忽悠的结果。公司职员请来朋友商人，带着大大小小各种箱子来讲座。打开箱子，丝绒衬上，各种首饰珠宝耀眼夺目。商人们讲完了金子讲钻石，讲完了珍珠讲玉饰。

我一旦开了窍，发现华盛顿市区周围珠宝店多得是，于是中午又多了一个逛珠宝店的爱好。几件买下来后，小女大大得意，钱包大大缩水。后来去欧洲直接到钻石切割厂参观时，发现厂家所讲内容还没有我中午活动听到的内容多，忽悠水平更是大相逊色。可见卖东西的水平高低还是很有学问的。

从前公司的一个大老板，一个春天突发奇想，组织全公司职员午休时间，去据说有漂亮大坝和花卉风景的某一处踏青野餐。去时发现果然是一处好地方，草绿水清，映山红满山遍野热烈绚烂，给我们留下了深刻的印象。结果若干年后我到了新单位，随着单位新职员导游车，在单位涵盖 7000 多亩的土地上认路听掌故，隐约觉得一个地方似曾相识。回家一查对，正是我以前单位上次来踏青的地方，一时间有点儿前世后生的感觉，没想到曾经短停无意的一处，会是后来的新家。

除了有健身房淋浴室，让职员午休或下班后锻炼外，大公司中午一般都有各种健身课程，什么有氧运动，塑身训练呀，什么节食培训，个人教练呀，还有 1 分钟 1 美元需要预约的按摩放松疗程。其中最流行最普遍，几乎每家公司都有的，当属瑜伽课。

瑜伽作为一种源于印度的修炼身心活动，几千年来不断演化，现在为世界各地普遍认可。美国公司家家开瑜伽班，我想是很有一定道理的，瑜伽通过运动身体，调控呼吸，可以起到使大脑平静，减轻压力的作用。美国公司由于竞争激烈，在职员工上班时间神经绷得紧紧的，中间午休时有机会练瑜伽，可以缓解一下紧张的神经，有助于身体健康，这就解释了为什么公司这么许多人对瑜伽趋之若鹜。

我是在公司同事海伦娜的班学瑜伽的。海伦娜一星期在公司的会议室开四次瑜伽课，两次在午休时间，两次在下班之后。每次一小时的瑜伽课，当时只收 5 美元。学员可以灵活决定上四个时间的任何一节课，或干脆逃课，反正只需上课时交课费就行了。

海伦娜很久以前离了婚，离婚后她独立带着两个女儿，其中一个女儿少年后交友不慎，结果染有吸毒的坏毛病。我想海伦娜最早开始练习瑜伽，也许源于自己需要心灵的平静。她经常戴一个有栗色木制挂件的项链，挂件上面深深地刻着一个中国字：静。

我一般一周上一次到两次海伦娜午休时间的瑜伽课，其余时间自己在家里照葫芦画瓢，跟着书本录像伸展、呼吸、打坐。我喜欢海伦娜的班，除了喜欢练习瑜伽本身，还喜欢听她讲瑜伽的各个流派，各种姿势的起源和要点。她有时会掺杂讲一些自己颇有哲理的思想及对人世的看法，让人在平缓的音乐和呼吸中，又得到一份睿智的感想。

在我这个新单位，有一次和全组人加上老板，被楼下大首长召见。进了她极其宽敞装饰不俗的办公室，没等在大桌旁坐稳当，就被她劈头盖脸排山倒海般大大训斥了一番。解释说明了半天回到自己的办公室，这个沮丧。然后转念一想，得，挨骂怪自己。谁让我没去上她两年前辛辛苦苦办的瑜伽班联络感情呢？

大首长两年前从外州空降到我们楼里，担任一个不疼不痒的副手官职。也许是想创造机会接触到我们科研中心上千名的员工，或就是喜欢锻炼，或出于其他什么原因，她开始午休时间，每周两次每次半小时，在我们的办公顶楼开办瑜伽课。课一直开到她又被空降去另一个外州单位工作为止。

我当时想半小时一节课时间太短，一暖身还没等伸腿就要卷练习垫回家，所以根本就没报名参加。几步楼梯之遥，我甚至没有上楼观察一次，看她水平如何。倒是听其他同事随口说起，说参加的人员不是太踊跃，大家反应一般。

结果时过境迁，单位顶层领导一通人事变化，地震余波把我楼下原来的大首长震进顶层核心，把这个副手从外地震回来，正正落在大首长的太座上。

想想当年没去参加她的瑜伽课捧场，没准算是一个战略性失误。否则当时捧场，没准我水平不错，可以倒着教两手，被认作老师。这样她想训我们，没准还得考虑考虑师徒等级师生情谊什么的，语调最起码不该太冲吧。学生戳着老师的鼻子指指点点，那还成什么体统。

看来光和群众打成一片还是不够，还得照顾培养和首长的关系。我大概应该先学习一些什么特殊手艺，然后再到单位来现烧热卖，在午休时间开个茶道课，插花班什么的，没准能哄出几位首长进来当学生。这样以后有啥麻烦事，没准凭师生情谊还可以大事化小小事化了呢。

公司的午休活动，有些是兴趣相投的职员们自己组织的，比如说好书共读会、纺织交流班、旅游畅谈所、摄影俱乐部。也有一些是公司作为一种福利，花钱请人来给

职员教课的。

我工作过的一个公司，经常从大学请老师，给英语非母语的职员，讲英语正确的发音方法以及相关的英语知识。我参加过一期这样的课程，历时三个月，每周两个午休时间的一小时里，和一帮公司里来自五湖四海的职员们，围坐在会议室，轻轻松松听英语老师讲课。除了美国英语老师，大家说英语或多或少都带些口音，所以说起来谁也不笑话谁。

公司英语课老师不带给我们家庭作业，也不带给我们打分往上汇报的，纯粹是帮我们纠正发音，教我们了解美国的文化、选举制度、讨论各种社会现象等，所以教室里总是气氛很活跃，像教室，又像社交俱乐部。难怪许多同事蹲在班里，学了一期又一期。免费学东西又寻乐，当然会让人乐不思蜀啰。

在公司午休活动中，我坚持时间最长，获益匪浅，同时结交大量朋友的，估计要算我在从前一家公司，连续参加两年多的英语演讲俱乐部(Toastmasters)活动。

国际演讲会(Toastmasters International)是一个国际性非营利组织，致力于培养会员公众演讲能力和领导能力。1924 年在美国加州创办后，现在已遍布全球 100 多个国家，所辖俱乐部超过 1.4 万个，全世界会员总数高达 30 多万人。

因为所有俱乐部都隶属于同一个大组织，所以我们俱乐部会员，从申请资料，到每次活动纲要，都仔仔细细印上俱乐部的编号，上溯到哪个区域、哪个团、哪个师，很分明的一套金字塔式的组织系统。

我后来从人微言轻的位置，慢慢爬到了俱乐部的“要官”位置，后来参加我们第36行政区公众主持人领导协会一年两次集训时，才发现这个系统，尽管会员全是自愿组织业余活动，但会员众多人才济济，尤其是高层组的活动和训练，无论从广度还是深度，都具有相当的专业水平。

我们公司的演讲俱乐部，每隔两周中午聚会一次。每次聚会，会事先安排三四个俱乐部成员做主题演讲。主题演讲内容由成员自己决定，但每人演讲内容，同时又都是按照国际演讲俱乐部的手册体系、顺序进行。

大家演讲，讲家庭，讲孩子，讲体育，讲工作，五花八门，各式题材，但都是自己的真事。这也是为什么一段时间下来，俱乐部成员个个成了好朋友。

俱乐部成员有沟通能力和领导能力两条发展主线。我和大部分人一样，选择先走沟通能力主线。这条主线顺序演讲的内容，从第一次到毕业取得头衔的第十次，分别为：

1. 开场白演讲；
2. 条理分明演讲；
3. 达到要点演讲；
4. 用词精确演讲；
5. 适用肢体演讲；
6. 适用语调语速演讲；
7. 充足论据演讲；

8. 广用视觉辅助工具演讲；

9. 有效劝说演讲；

10. 励志激情演讲。

每次聚会一开始，先是介绍一个英语新单词，然后是俱乐部成员的主题演讲，之后是即兴演讲。即兴演讲事先由指定的成员准备几个题目，依次读完每个题目后，任意一个在会成员，可以主动站起来，针对题目，即兴做一个小演讲。

一次我为俱乐部聚会，准备了以下 5 个即兴演讲题目。

题目 1：跑步对许多人来说是很好的锻炼，这就是为什么有许多地区性或美国全国性的比赛。

假若你是一次赛事的组织者，你希望建立一个新规则，让参赛的所有人，包括在后面悠悠达达跑着玩儿的人，不准戴耳机跑步。

请准备一个讲话，说明支持你的新规则。

题目 2：早晨和下午的交通堵塞现象，让所有上班的人头痛不已。

有一个公司，给职员提供地铁票补助福利，希望鼓励大家少开车，多用公共运输工具。

请你做一个对新职员的讲话，介绍公司的这个福利，同时讲述使用公共交通工具的利与弊。

题目 3：假设你参加你们住宅小区屋主协会的每月例会。

请你站起来，给大家提议，一年一度设立一个特别的周末早晨，作为社区“车道淘汰家用品互卖日”。

题目 4：我们总是说“时间就是金钱”。

现在，请你站起来，面对想象的一群初中学生们，围绕这句话，讲述一下时间管理的重要性。

题目 5：春天快要来了，樱花树开始发芽，准备开花。你希望邀请你的一些朋友，这周或下周周末，到华府 DC 城里去看著名的樱花。

你知道朋友们周末通常很忙，而且 DC 城里的交通一向极其堵塞。但是你同时也知道，绽开的樱花两三周就会凋谢。

请你说一段话，说服你的朋友们，抽出时间和你一起去城里欣赏樱花。

每次聚会，大家都承担不同的责任。有一人专门看着秒钟，记录演讲者演讲所用的时间。所有的演讲都有时间限制，一般的主题演讲是 5～7 分钟，即兴演讲是 1～2 分钟。等三四个成员按手册体系做完主题演讲后，分别由预先安排的其他成员负责评论。评论员站到前台进行分析评价，这本身也是一种演讲，时间限制为 2～3 分钟。总之所有演讲，少于规定时间不好，多于规定时间也不好。记时报时的目的，是让演讲者培养出讲话时，可以在心里估算时间的能力。

还有一个人的工作，是专门数演讲者在讲话时，说了多少无意义的填词，比若说“You Know”（你知道）、“So”（所以）等，或习惯性的停顿词和拉长音，比如说嗯呀、啊呀之类的音节。每次我演讲，话与话之间，不老老实实闭上嘴，总是用哦声连接，所以不情愿也没有办法，最后总是从评价表上，捡一堆嗯呀、啊呀的大鸭蛋回来。

上班工作是为了挣钱为了做事业。但人生的终极目的是创造快乐享受快乐。午休时间，是一扇窗户，让你看一抹多彩人生的瑰丽；是一扇门，让你踏出去，走一段别样的人生快乐。

带孩子去上班

每年4月末的一天，是风靡美国的“带孩子上班”日。

据说这项活动最起初仅是“带女儿来上班”，旨在培养女孩子的自尊心，让她们亲眼看见父母工作的环境，这样从小可以设想自己以后上班工作的乐趣。好在过来几年，大家发现应该“人人平等”才好，男孩子也应该来看看上班是咋回事，渐渐地活动名称就变成了“带孩子上班”。男孩子女孩子一视同仁，全部热烈欢迎。

当我的孩子上小学足够启蒙时，我们终于守得云开见月明，可以带儿子参加这个活动了。

记得老大上五年级时，我所在的公司热热闹闹办了一次“带孩子上班”活动。先是人事部长发电邮，希望大家集思广益，推荐对孩子有趣、有意义的活动，然后又全公司征召志愿人士，画彩画挂招牌，孩子来时再当孩子王领着孩子过有意义的一天。

活动日的当天，带孩子到指定的会议场上时，见里面已是炸了锅的热闹。我们平时不苟言笑极具魅力的公司总裁，这会儿笑容可掬像个慈祥的老爷爷，先给每个孩子一个熊抱，然后让旁边一溜儿同样笑容可掬的同事们又是递饮料又是递资料。有公司同事给孩子们拍照片，然后一转身就把照片整到和我们工作证长得差不多的证件上面，再加一层保护膜挂上吊带，挂在孩子们的脖子上了。哈，这可不太像我们平时工作的环境和工作效率呀，我在心里觉得有点好笑，孩子如果形成印象认为总裁平时就这样和手下所有人称兄道弟，每人一上班有一大堆其他同事前呼后拥招呼着，这阵势没准儿还有点儿误会的嫌疑呢。

一圈儿坐定后，总裁先是发言，大致是欢迎大家来，然后大概简要地讲一些我们公司做些什么事，都有多少职员，我们怎么怎么棒的故事，最后是希望他们这些孩子们长大来接班，把我们公司办得更棒，叫公司股票涨到云端去，人人致富。

然后就轮到孩子们自我介绍。可以看出几个孩子以后准是侃大山的主儿，要不是主持人紧急刹车，没准一屋子孩子一个工作日就待在屋子里听他们讲自己的小狗宠物怎么调皮，他们的爸爸开飞机怎样……

单位我已经楼上楼下跑过多少遍，所以等孩子们站起来被领着去“视察”各处时，我就回自己的办公室干一些事，否则“带孩子上班”日岂不成了“带孩子我不上班”日了？

等孩子从单位兴冲冲完成活动和我一起回家的时候，看他腋下夹着一个文件夹，脖子上挂着个和我的差不多的工作证，还真让我看出点以后他上班工作的模样。打开文件夹，先是一张繁星满布色彩绚烂的证书，儿子的大名印在证书中间，下面是公司总裁的亲笔签名，说是此书证明孩子今天参加了我们公司今年的活动，还十分谢谢儿子的光临。

证书下面是一份彩色的工作申请表，一定是活动主持人教育孩子，要想有一份工作应该先填一份工作申请表。

这是儿子填写的一些答案：

谁推荐你来我们公司：

我的妈咪(My Mom)。

你想申请全时，半时，临时工：

全时工(Full-Time)。

你希望申请的工作职位：

公司总裁(CEO)。

你希望工作的地点：

随便在哪里(Anywhere)。

技能栏问题：

你的阅读速度：

每分钟95～120字。

你有计算机能力吗：

是的(Yes)。

其他技能：

钢琴，小号，单簧管，棒球，游泳，篮球，中文(Piano，Trumpet，Clarinet，Baseball，Swimming，Basketball，Chinese)。

教育程度栏问题：

完成的最高年级：

小学四年级。

喜欢的课程：

数学(Math)。

兴趣爱好及课外活动：

野营，童子军活动，音乐/唱歌，教会活动，足球，美式橄榄球，网球，游泳（Camping, Boy Scouting Activities, Music/Chorus, Church Activities, Soccer, Football, Tennis, Swimming）。

特别说明内容问题（解释一下为什么公司应该招收你，最好注明你的有助于工作的专长，活动）：

我在学校总是全拿 A，我小学三年级被选到天才班，现在又被录取要进初中天才班。

最下面是儿子平时练来练去，练得快要飞出去的签字落款。

我把这份文件夹好好地保留在抽屉里，说不定哪天儿子真申请工作需要参考时，我会让他看一眼他在我的公司多少年前填写的申请表，或者他会得到一份美好的回忆，或者他会得到一些灵感启示。

未来白领　罗莎摄影

隔壁的银行

我们组从办公大楼楼上搬下一层时，正好就和紧挨我们工作区右手的联邦职员信用合作社银行做起了邻居。每天从它门前，不知要穿过多少回，不知不觉，开始习惯于用它严格遵守的开门关门及中间休息时间，作为我上班时的时间参考。

小银行只占了大约两间办公室的空间，银行里唯一的工作人员芭芭拉在里间工作。隔着半面玻璃墙柜台外面，有一个客户等待室，三把靠背椅，一张小桌子上放着不同的银行资料。当然还有像在许多购物店看见的那种，放进去钢蹦儿，转出来一把水果糖之类的通常装备。

和芭芭拉有时在洗手间撞见，但她总是急急地收拾完赶快回小银行照顾生意去。我没有这家银行的账户，又不需要转糖果出来吃，所以银行近在手边，也想不到踏进去瞅一瞅。几年和平相处，和芭芭拉彼此知道是同一楼的人，见面点头打招呼而已。

第一次正经走进去，是因为我要寄信，手头却没有邮票。同事马克告诉我，小银行有卖邮票的。我从来不知道银行还有卖邮票的，半信半疑地走到芭芭拉的柜台去问问。她从手边抽屉里，拿出一个小包包，果然在卖邮票。

银行总部在别的地方，我们这儿是一个分支营业所。估计生意不算多，所以芭芭拉一人就搞定了，她告诉我她已经在我们楼里的店铺工作了27年。小银行办得一如正常的商业机构，但走进去和芭芭拉打交道时，又感觉上像是走进了一个朋友的家。

这之后有时走过小银行，看见银行里外没有一个顾客，我正好也想休息放松一下时，就干脆走进去，和芭芭拉说几句话。她自然高兴有人来和她聊天，热情地睁着一双大眼睛，呱呱不停地讲她自己，讲她的顾客，讲她的小银行。

闹不清楚是由于人的忠诚，还是由于人的惰性，一般人开了一家储蓄银行账户后，很多人一辈子都使用同一家储蓄银行。我初到美国上巴尔的摩的约翰·霍普金斯大学时，从设在校园的一家马里兰银行开了储蓄账户，结果20多年来，经过不同的工作，搬过不同的家，什么都换过，就是银行没换过。

问同事凯恩他用什么银行。他说他小时候骑自行车送报纸时，父母亲帮他开了一个账户，存送报纸挣到的钱。结果他工作到快退休了，还是在用那家同样的银行。怪不得我现在得符合每月工资收入自动存储，存款超过5000美元之类种种条件，才可以免除银行的月费。给儿子们开银行账户时，因为他们是中学生大学生，只要有几十美元存款，就可以免除月费。还是商人精明啊，现在小恩小惠，以后等着钓年轻人一辈子的大鱼。

芭芭拉说来她这里的许多顾客，是终生的顾客。他们以前在联邦政府工作时，在这儿存钱取钱，退休后还是不变地来到这里。我有时会看见一些老态龙钟的陌生人，拄着拐杖，或者坐在等待室的椅子上，或者倚着走道墙面站着排队，想来这些一定是芭芭拉说的终生顾客了。

同事马克大学毕业，第一份工作就在我们单位，开了这个银行的账号，几十年一直使用。他不幸逝世后，我们隐隐约约听说他的太太要搬回老家威斯康星州。芭芭拉知道我们是同事，告诉我说，是呀，马克的太太不久前来银行，把马克这个唯一的银行账户，彻底转账关闭结清了。“马克是个大好人。”她一边说一边唏嘘着。

马克年轻的时候，据说英俊潇洒，是在院子里很受欢迎、很抢手的黄金单身汉。看过他和组里其他同事年轻时集体上台领奖的照片，还有散落在不同处的其他一些生活照片，知道传说和事实不会相差太远。芭芭拉和马克一样，从年轻时就在这里工作，现在她人奔六十，但仍然每天是精心修饰的眉毛、指甲，每天认真的化妆，永远得体的衣服，永远热情的态度，活力四射的谈吐。经常听见银行里老顾客们和她大声地寒暄，银行事务交易完后，还会亲热地聊半天家常。我想这些人来到芭芭拉的小营业所，自然有种种其他因素，但看看老朋友，谈谈以前的和现在延续的故事本身，就挺快乐的，估计也应该是他们过来的一个不小的因素。

芭芭拉每天早晨3点钟起床。开车先到总部银行上早班处理业务，然后再开过来，9点钟准时打开我们楼的银行店门。中午12点半后有半小时的关门休息时间，然

后3点钟打烊回家。

“你知道我有时中午休息时干什么吗?”她一次问我。不等我来得及回答,她就笑着指着小小的银行等待室,挺得意地说:“我在这里锻炼身体。”

芭芭拉柜台里屋的空间,已经被保险柜、文件柜占去大半的地方。但她仍是充分利用每个桌面,放着她和家人的众多照片,放着粉色的时尚装饰,绿色的常青植物,开放的鲜花,可爱的玩具宠物,整体给人一种有条不紊又生气勃勃的感觉。我望着她的小店铺关门开门当时间参考,没想到在门后这个小小空间,芭芭拉还在用这短短时间给自己加油呢。

再过四五年芭芭拉就要退休了。当她坐在自己工作了近乎30年的地方告诉我这个消息时,她不舍地环视了一下整个小银行空间:“我喜欢这里的工作,我喜欢这里的人。我不知道真正永远离开这一切时,我会怎样生活。”

也许是因为忠诚,也许是因为惯性,芭芭拉一辈子工作在同一方小小天地。但喜欢什么有时不需要太多的理由。日子久了,就把心像锚一样牵住。等你再起程时,你便会不期而然地感到时间的力量,感到抛锚的沉重。

悼念好友格姆

7月，美国独立节长周末后第一天去上班，还没坐稳当，同事约翰一脸沉重地走过来，告诉我格姆去世了。

我不相信地惊叫起来，这怎么可能？我上周节日周末前，还和格姆有说有笑，人生怎么能如此不测，转一个身，就天人永隔，他和我此刻已存在于两个不同世界里。

默默流泪一小时后，还是无法从震惊和悲哀中平静下来，只好开车返回家来，一路上满脑子全是过去和格姆交往的画面。

格姆是单位里我最好的朋友。我们在同一个小组，做同一个项目，政治斗争时站在同一个立场。我们两人的办公室彼此之间仅几步之遥，所以工作日我们几乎天天在一起说话，谈工作上的事或是谈家常。我们又经常一起出差，知己知彼，到了无话不说的地步。

格姆一岁时随着生物学家的爸爸，全家从挪威移民到美国。他是典型的北欧人形象，大高个加上金发碧眼，皮肤颜色再晒也晒不太深。我来面试工作时，看见一组人中的他，心里面就感觉他长得不太像一般美国人。实际上格姆早就入了美国籍，但经常和我站一个战壕，说一些美国人的小坏话，比如谈到美国人重量健康问题，他马上说“他们美国人吃太多，又不锻炼，都太胖了”，一下子

就把自己和美国人撇得干干净净。

但实际上他和美国人是怎么也撇不开的。在马里兰上大学时，格姆积极追求然后迎娶了一个多少代之前就从欧洲移民扎根这儿的漂亮美国女孩，生下一个女儿和一个儿子升级成美国人他爸后，格姆完全从美国人立场考虑一切事宜，包括世界政治或国内税收地方交通大小诸事。我们俩谈起中美关系，有时会火药味十足，他代表美国共和党立场，我忘了国籍，顿时是中国人中国心。有时我们俩为此电邮开战，又是飞机又是五角大楼美国国防部，还提及未来第三次世界大战，打得不可开交，其他温和的美国同事只好把我们两人各打五十大板，劝导我们停止无聊的互相攻击完事。

格姆在我来之前已经在这个组工作了十几年，他人聪明能干又很有领导魄力，我们的整体全国性系统，很大一部分是他一手创造出来的。他热爱这份工作，热爱这个系统，里里外外一把手，尽管他从来不想要任何正式官职，但他一直握有实权，一言九鼎。

也许是一路春风的原因，格姆有时还挺霸权主义的，训起工作没有做好的同事，什么词儿都敢用，而且是当着一屋子人大声说出来。约翰告诉我，格姆把我的前任，一个美国大男人，几次训得眼泪当众流下来。

我的性格在刚烈程度上和格姆旗鼓相当，而且我一路走来不算春风得意也是踌躇满志，所以除了有时不小心我们踩上中美关系地雷时，两人会打上几架，工作上有不同观点时，在例行公会上，也一定是各持己见，无人认输。

记得有一次开会，上层领导问起我们一项折腾了半天还没有着落的任务，格姆指责我办事不对，造成他的后继产品运行不起来，我奋起反击，说是格姆没有看懂运行规则，所以屡行屡错。我们义正词严互相指责，都说是对方的错，而且两人都动了真气，声音都提高八度，都有一点儿脸红脖子粗的劲儿。

当时开会的十来个同事，一开始还笑嘻嘻看我们你来我去，到最后全都面面相觑坐立不安。老板没招，一下子变出父亲训斥孩子的口气，一会儿呵斥我停下，一会儿呵斥格姆停下。几声呵斥后，格姆停下来，我仍是追着说最后一句“格姆是你错了”，把他气得快蹦了起来。

说起来不打不相识，我和格姆打架不算少，但实际上我们关系特别要好。也许因为是好朋友彼此之间顾虑少，所以打架不是太顾忌，打完架僵两天脸又和好如初。又也许我俩知道彼此性格有些相像，势均力敌，也就彼此惺惺惜惺惺，反倒走得更近，成了无话不说真诚相待的好朋友。

但格姆说我争执起来不像他，而是更像他的太太。按照他的说法，我和他太太都是一路货色，全是没事喜欢扯着嗓子，对着树桩汪汪乱叫的狗儿。可怜的格姆，家庭里工作处，夹在两个强势的女人之间，一边得到双重的尊敬热爱，一边忍受两处不知哪片云彩带来的狂风暴雨。

我和格姆太太在格姆去世前，从来没有见过面，但我们都见过对方的照片。格姆经常和我说起他的孩子，他

的太太，太太家六个姐妹，她们家里家外的故事，又告诉我他回到家一天到晚也是和太太说我，说单位其他的人和事。

我有时让格姆带给他太太一些我喜欢的零食，他太太也会让格姆带给我她自己焙烤出来的糕点。他们的房子有室外游泳池，因为格姆的弟弟开公司专门修建游泳池，所以在格姆家的大后院建了一个漂亮的游泳池，拍成照片作为公司的宣传画。房子后面的园地有几十亩地，格姆太太不知道成天花少多时间种花种草种菜。等到了蔬菜收获的季节，她有时让格姆带一些蔬菜给我，或用自家园地种出的西葫芦、黄瓜夹在面里做成蛋糕送给我。

格姆太太开牙医诊所，收入可观。她是一个很善良的人，每过一段时间，就会参加国际“无国界医生”组织，到世界各地最贫穷的地方，义务为病人看病。每当他太太出外到贫穷国家义诊的时候，格姆就告诉我们，他又一个人在家了，没有意思了，只能在单位待着多工作了。他这么嚷嚷，一方面是为妻子的善举而自豪；另一方面想求我们别偷懒在家里上班，最好开车到单位一边上班一边陪陪他。哈，小心思欲盖弥彰倒也可爱。

记得一次格姆传给我们他妻子从菲律宾一个穷乡僻壤地方拍的一张照片，是一个两三岁的当地小男孩，只穿一件小短裤，小脸小手脏乎乎的，站在一头奶牛下面直接喝奶。照片让人看了又怜惜又感怀。

在单位十几二十年当得力人物，格姆结交了国内国际大批行内人物。他助人为乐，从来有机会就介绍我认识他的熟人，帮助我在这一行业里站稳脚跟。同时，他诲人不倦，除了无私地讲解他系统的技术要点外，还告诉我种种在单位在政府工作的注意事项，升级晋升应该查办的手续等。

和格姆在一起工作，时间过得也快。除了他自己绘声绘色讲一堆故事之外，他的行内朋友经常从五湖四海发给他各种照片消息之类。很多时候，他和我们分享这些照片消息，所以我们经常可以看见，谁谁谁跟在美洲工作的女儿在非洲旅游，大象狮子斑马近在咫尺；又谁谁谁离开美国，接受一份在智利的国际组织高管职位。很多都是我们听过或出差见过面的人，所以这些挺独特的照片和消息，让我们了解外面许多有趣的人物和事物，给每天的工作增添了许多轻松愉快。

格姆2月告诉我们，他肚子上有两个小肿瘤，医生说是良性的，可以切除也可以不切除。他犹豫半天，最后说：咳，还是做个小手术，切掉完事。

组里人有大手术或住医院，或家里有什么大动静时，我通常都会组织大伙儿交钱写卡，买鲜花送到他们家里表达我们关切的心情。格姆的手术是当天就回家的那种小手术，所以我就认为根本不够级别让大家送花。不过，我还是选了一个电子慰问卡发过去给他。卡上是一个金黄色的太阳花笑脸娃娃，从外面窗口一跳一跳蹦上来，看躺在屋里床上的病人。笑脸娃娃跳上跳下，屏幕上就蹦出一行又一行文字："哥们儿，快起来！""哥们儿，快康复！"

他手术后第二天就从家里给我们发来电邮，说他回家后感觉一切良好，特别想来上班，和我们一起工作，但医生给他打了太多的麻醉药，他开玩笑说，如果他开车路上被警察抓住，一查血，准是一个DUI（吸毒后开车），所以他还是老老实实待在家里为妙。

想着他一切都好，我们组里人围绕着他的电邮，又开了一通玩笑。我问他有没有确认医生没有把棉球之类忘了丢在他的肚子里，还找了一个新闻链接，说的是美国一年居然有约1500例外科手术，医生不小心把异物留在病人体内。

没想到厄运就从这个小手术开始了。五天后，格姆发现手术伤口感染，赶紧去急诊看病。从那以后，他的身体时好时坏，到了5月份，因为身体抵抗力下降，他又患上了肺炎，开始咳嗽。但是美国的抗生素力量强大，所以他的咳嗽，似乎又停了下来，一切又归于从前，我们同样每天谈工作聊天。

5月份，我们另外一个同事马克不幸去世。说起来格姆去世的原因和马克类似，都是医生开了大剂量消炎抗生素药，试图杀死体内病菌，结果病了一段后的身体各个器官能力下降，有一天就突然全部停止运行工作了。

我从马克的瞻仰仪式回来后，每天例行公事很习惯地跑到格姆的办公室和他说话，我说我好吃惊，我以为可以看见马克的遗体，但实际我们只看见鲜花下的骨灰盒。

格姆那天身体不太好，所以没去瞻仰仪式，他等着第二天我们一起去马克的追悼会。听完我描述瞻仰仪式，他和我说起他母亲去世的事。他的爸爸先走一步，骨灰埋在一处。待他的母亲去世后，他遵照母亲的遗愿，朝着北边的水域撒了一半的骨灰，让母亲随风飘回她挪威的老家。剩下的一半，格姆教着儿子，挖开土，把母亲的骨灰盒安放在父亲的上面，让父母两人的灵魂在天堂相见。

没想到短短七周后他的话音还没落地，我再见他时，他已走完不长的人生54年，栖在鲜花丛中一个庄重精致的骨灰瓮里。

格姆追悼会生平介绍程序内容单上，印着我提供的我们一起出差时照的头像。追悼会场布满了他和家里人、和朋友们几十年留下的成百张快乐的照片。他和太太温馨相拥，他和孩子们嬉笑打闹，他和朋友们在沙滩漫步，他和父母深情相望。

致辞的友人们，大都讲格姆生前有趣的故事，讲他对孩子、对太太、对生活的爱。有一位格姆高中同学致辞，是阅读一封格姆发给她的文采飞扬的信件，在信里，格姆阐述时事，讨论人生，洋洋洒洒，正如他平时和我们在一起说话时的表现一样。

我几天前还在犹豫追悼会后去不去格姆家人在餐厅为亲戚朋友准备的追忆午餐。同事对我说，格姆一定希望我去，因为他一定想款待他共事的好友，尤其我和他走得如此之近。

追忆午餐时，格姆美丽端庄的太太，带着她有着同样美丽眼睛的四五个姐妹，来到我的桌前，谢谢我来参加他的追悼会，谢谢我和格姆一起工作四年来与他的友情和

理解。

我告诉她，我怎么还是不相信格姆已经走了。上班时，我经常恍惚觉得格姆办公室的门马上就要打开，格姆背着双肩挎包走进去，然后又会马上出来走到我的桌前。

格姆太太的眼圈红了起来，说："同样同样，我也老觉得他马上要回来似的。"

我们轻轻地拥抱起来。她失去了一个亲爱的先生、亲爱的朋友，我失去了一个最好的同事、最好的朋友。格姆在天之灵看见我们拥抱相见，一定会高兴微笑，我们同样热爱他，同样祝他一路走好。

Never Ever

by Laura Gu

My dear dear friend,
Part of you back to that land.
You ever talked dreamed and described,
When we were here,
You looked at my eyes smiled.

You are back to that land,
Leave me lonely in the New World behind.
You are frozen like seed
In Doomsday Vault.
Have you met your Mom and Dad yet?

As you planned and you planned delayed.

Together we sent our seed and heart there,
Never thought to get it back.
Now you are there
My dearest dearest friend.
I know all the people in this world
They wish you never ever.
Crying you a river like the one we sat and enjoyed
Now it's only me only singing you the sad.

一辈子准新娘

到后来离开的一个新公司上班时，发现自己鬼使神差，被安排到公司里资深人员办公区。我办公室紧右手邻居，是一个角落大办公室，坐着我顶头上司的顶头上司。再往右或往左看，全是在公司里工作了十几二十年、有着漂亮头衔的行政管理人员，打照面时对我不乏热情，也不乏矜持。我的职位足够高，可以有带窗户的办公室，但是整天太庄重也不是我的风格。这样几天下来，发现过道对面办公室的埃伦，和我挺说得来，至少我进她的门，事先不用和秘书提前约好。

埃伦的办公室布置得有声有色，照片、纪念品、小盆植物、书籍杂志及工作文件，密密麻麻又整整齐齐，挤满了面积小小的一屋子，一看办公室这么多物件就知道准是一个公司老职员。一问果然不错，埃伦已经在公司工作近 20 年了。但是其实她级别不算高，这么多年爬得不算出色，或者说也没有往当官的路上走过，和人交往起来因为没有官架子，反倒随便自然多了。

我很快就工作之余串熟了门，开始指着照片问这是谁那是谁的问题了。因为埃伦没有戴结婚戒指，我有些疑疑惑惑地指着问一张照片，里面是一个蓄着大胡子、扎着嬉皮士长发的中年男人，和埃伦并肩站在夕阳下，埃伦大声回答："这是我未婚夫。"

听到回答，我想我脸上一定有掩饰不住的奇怪表情。可以看出埃伦轮廓不错，年轻时蓝眼睛金头发应该很迷人。可是就算撇开许多白人女人不抗老的因素，使劲往年轻年龄想，她给我的印象，也该是超过 50 岁了。尽管我心里正经好奇了一下，但也没有好意思直截了当问他们的私事，只是打哈哈说两人照得挺亲热的。

我喜欢中午约一帮同事一块儿出去吃中饭，通常响应号召的大多是年轻或新来的同事。只有埃伦，年龄最大，却基本上次次应约，高高兴兴和我们这帮年轻她一大截的人有说有笑，挨个儿拣着不同的餐馆尝新鲜。

一次去一家海鲜餐馆吃中饭，临上路前埃伦跑到我的办公室，给我看她的左手无名指，上面戴着一个金座的钻石戒指。"这是我的订婚戒指。"她爱抚着戒指对我说："我 18 岁就跟未婚夫在一起了。这个戒指老早以前他给我的，现在戴在手指上有些小，所以我平时不戴它。"

戒指明显是按照多少年前的手指大小定做的，现在戴起来，指环死死地卡在手指肉里，我看着都一阵心疼。

埃伦告诉我她的未婚夫曾经有过一段婚姻，还有孩子，离婚后得继续用有限的工资，抚养前妻和孩子。未婚夫有些害怕婚姻，又不愿意有更多的孩子负担，所以他们一直住在一起，却从来没有自己的孩子。

埃伦是那种直率热情，很少跟人玩心思的人。她在公司时间长，掌故知道的也多，给我们新来的同事讲该注意的事项时毫无保留。她经过公司大大小小许多项目，

人又善良有问必答，所以我初来乍到时，她就像我的活字典一样，帮着我熟悉公司不同的事项。

也许是她的这种简单善良的性格，使她从入世不久如花年华的少女阶段，一头迷进爱情里，没有婚姻，没有孩子，却几十年拔不出来。我们参加公司在高级饭店举办的一年一度晚会后，大都开车回家，埃伦却早早地花钱订饭店房间，努力营造着和未婚夫的两人世界。埃伦爱着未婚夫，仍然憧憬婚姻，仍然做着驯服爱人的梦。

但我知道她还是有着很多的委屈，尤其当有人谈到自己孩子时，你可以看见她的眼神黯淡下来。尽管她会很快恢复，但已让人看到伤处。我带孩子来公司参加“带孩子上班”活动时，埃伦也来到我的办公室，围着我的儿子转，和他说话，眼睛里是万分的珍爱和柔情。

一次埃伦身体不太好，我在问候她时，她嘴里介绍病情后，又跟着嘟囔一句：“以后病重爬不起来的时候，不知道有谁来照顾。”说完眼泪就止不住地流下来。想到她未婚夫曾经的风流倜傥，现在的桀骜不驯，想到她几十年没有婚约的准新娘身份，我无以回答，只有满怀感慨。

几年后我离开了这家公司，渐渐地也和埃伦没有太多的联系。之后一次和以前的同事聊天，听同事说公司不景气，裁员一大批，埃伦也被解雇了。听到这个消息时，我的心咯噔地沉了一下。知道她后来越来越容易伤感流泪。没有工作意味着没有公司补贴的健康医疗保险。想到埃伦年龄大职场没有竞争力，找新工作不容易，再想着埃伦病弱的身体，我真担心她怎样承受这个新的打击。

过了一段时间，和几位离新单位近的过去同事相聚，忍不住又打听埃伦的消息。“她结婚了。”一位老同事告诉我，“她的未婚夫为了帮埃伦加在他公司的医疗健康保险上，和她结婚了。”

埃伦用她整整40年的生命，终于等来在夕阳的岁月，披上新娘的婚纱。

而她的爱人，终于在最后被善良驯服。

第三辑　两　代　人

一份礼物

奇异恩典　孙宇明摄影

我和姐姐只相差一岁多一点，所以从小的时候起，爸爸妈妈一直把我们当双胞胎养，穿一样的衣服，梳同样的辫子，背一样的书包，闹不清他们是觉得这样好玩呢还是这样做起衣服省布料。

但我是老二，尽管爸爸妈妈从来就说手背手心都是肉，一碗水端平的话，我还是朦朦胧胧觉得他们更偏爱姐姐。尤其是爸爸，也许因为姐姐本来就性情温顺讨人喜欢，也许因为姐姐最后到了他的中学去上学，家里总是听他说姐姐长姐姐短，姐姐这门课好那门课好的话题，而相比之下我就成了让他有些头痛的桀骜不驯、不听话、不上他的学校、不听他指教一丁点功课的孩子。

拼命读了一大堆书学了一大堆神侃,想把自己装备得成熟老练些。我们一大家人出去时,别人总爱猜测谁是这家“双胞胎”的老大老二,大半的人会指着我,猜测我是老大,我们总是哈哈大笑说错了错了,而我也会在心里轻轻地对爸爸说一句:我不是老二。

当后来我以清华光一班第一名的高考成绩入学时,又听到爸爸感叹姐姐怎样恨不得一不小心获得学校一个物理竞赛奖的故事,我心里轻轻说:谢谢爸爸,因为你,我得了这个第一名。

因为我的老大是儿子,我就特别渴望第二个孩子是女孩,女孩是妈妈的小棉袄呀。结果第二个还是儿子,只是孩子健康我已是足够的感恩,给孩子起的名字,也是循了“上帝的礼物”的含义。

小儿子知道我曾经很想有一个女孩的心思,所以有时完成一件得意之作,会嘻嘻哈哈说:“妈妈你幸亏有了我,要是你有个女儿,你就得不到这个啦!”好像他在和谁比较,证明他的价值。还有时问我一些哥哥像我这么大时,多重了,多高了,会干这个会干那个吗之类的问题。

也许天下的老二都有同一份心境?

美国11月有一个全国性一年一度的小说作文写作月活动,要求参加者在一个月内写完至少5万字的小说。小儿子听到这个消息时已是11月中旬了。

我跟他讲这次你来不及了,还是不参加了吧。他看着我,看出了我的不相信,慢慢转过身去。

接下来的15天，除了写作业和必须的体育训练，儿子把全部的业余时间花在写作上。实在太累了，就会到地下室骑一会儿自行车，或打一会儿游戏。估计一边放松一边构思下一章下一节的内容。

最后一天写作截止日，半夜三更我被儿子摇醒，他拿着iPad，站在我的面前，说：“妈妈，你来敲打这个字，这是第5万个字。”

我顿时回到多年前我说自己不是老二，我考了第一后把成绩单放在爸爸桌上的情景……

你知道吗，对一个自强不息的人，当你说“不”的时候，你实际上在送给他一份礼物。

因为那个“不”字，是他要出发的理由，是他在路上的给养，是他在小憩时的下一个目标，是他在到达目的地后，想寄发给你但也许永远没有邮出的感谢卡。

晚安，宝贝儿

我们一家人按着每年不变的惯例，吃着肯塔基炸鸡，看橄榄球盛会超级碗比赛。新广告引人注目，半场休息时文艺表演精彩纷呈，球更是打得跌宕起伏、扣人心弦。最后西雅图海鹰队主教练在几乎稳拿冠军的情况下出了一个大大的馊招，让对方队截住球，结果新英格兰爱国者队以 28∶24 成为赢家。

所谓胜者王侯败者寇。第二天早晨报纸、电视、网站铺天盖地全是新英格兰队员和家属们庆祝的图片。

我很喜欢爱国者队的大明星队员，四分卫汤姆·布雷迪(Tom Brady)，他人长得帅，球又打得超级好，还有一个世界名模的妻子，所以第二天浏览新闻时，就不停地点看有他在图中的照片，有时还仔细看图片下读者对照片的留言。

当看到一张照片，背景是人山人海的球迷，庆祝的彩条到处飞舞，汤姆·布雷迪搂着前来庆祝的妈妈，温柔听话地和妈妈唇对唇接吻时，我忍不住又去看读者留言，结果一打眼，看见一条留言："哎哟，不带这样和妈妈亲嘴的。"我扑哧一下就笑出声来，这说话活脱脱就是我儿子的口气呀。

大儿子叫翰清，小时候我们一直喊他"小清清"，我是

南方人，一向分不开拼音里 in 和 ing 的区别，所以实际上我一直在喊他“小亲亲”。第一个孩子是又宝贝又没有经验，睡觉摇着睡，平时一天到晚搂着抱着。直到他四岁半大我要生老二了，才道歉似的告诉他妈妈暂时不抱他了，等弟弟生出来妈妈肚子不怕压时，再回来抱他。

结果弟弟出生后，又开始忙得天翻地覆、大头朝下了。我一个人抱一个小的再加上婴儿车座奶瓶包包之类已经够吃力，大儿子长得又快，又高又沉，我很快也抱不太动，从此之后就很少抱起他来。

实在是想不起，儿子什么时候不让妈妈亲嘴了，什么时候开始用那种“哎哟”调皮的口气，什么时候开始在同学面前，不好意思地躲开我的拥抱。

无法忘记的是小时候给他唱的晚安曲，给他每天上床睡觉前道的晚安。

不知道母性会有这么大的神奇，我生完老大后，居然想起小时候的许多歌曲，甚至想起我认为是妈妈给我哼的摇篮曲。先是睡觉前给他唱一些著名的比如说勃拉姆斯的摇篮曲之类，然后我就开始哼我印象里从妈妈那儿听来的摇篮曲，没有任何歌词，就是那种低低的、重复的但很婉转的小调。我告诉儿子，这是我给他唱的曲子，在这世界上我只给他一个人唱的晚安曲。

儿子每天晚上伴着这个悠长的小曲睡觉，我在哼着的时候，也是感到极其平静，为和儿子的亲近感恩，为家里一天的平安和他又一天的成长感恩。儿子睡着后，我会拉好被子，亲亲他的小嘴唇，说句“晚安，宝贝儿”，然后离开他的屋子。

我知道儿子喜欢我哼着给他的晚安曲入睡，但我不知道这个曲子到底对他有多重要，直到他七岁多时生了一场严重的肠胃疾病。从医院住院打点滴病情稳定回家后，他躺在自己的床上，仍然是身体发热，人很难受，辗转反侧无法入睡。我坐在他的床边，一边用手给他按摩额头，一边轻声哼起各种歌曲，想让他好受些。

他忽然打断我的歌声说："妈妈，你能唱小时候你专门给我的那首歌吗？"他说话的语气，就好像他相信这首小曲子是良药，会带走他的病痛似的。

我那时仍是每天晚上和他道晚安，但基本上已经不唱摇篮曲了，听到他生病病得这么难受的时候，忽然让我唱这首歌，顿时百感交集。我开始一遍又一遍轻声哼着我们的这首无名的小摇篮曲，轻轻地拍着他，渐渐地，手掌可以感受到他的身体慢慢放松，他不再翻来覆去喘着粗气。病痛似乎真的放过了他，让他慢慢地进入了梦乡。

没有想到我小时长年累月对他哼唱的晚安曲，在他难受的时候，可以给予他这么大的慰藉。等他睡着了很长时间，我仍在轻轻地哼唱着给他的歌，眼泪不停地流下来。我想儿子喜欢这首小曲，是因为它使他感到在妈妈爱心里的安全，在妈妈安抚下的平静。这首小曲会让他回到幼儿时那些无忧无虑的、最简单又最甜蜜的梦乡。

儿子离开家上大学后，我再也没法每天临睡前，走到他的屋子里和他道一声晚安。可实际上每天我上了床入睡前，无论我多么疲惫，我都会想象一会儿儿子，为他祝

福，有时会在心里再哼唱一下我们那首小曲，然后再在心里轻轻地对他说："晚安，宝贝儿。"

但愿他的梦乡，是小时候妈妈唱着给他编出的摇篮曲，吻着他的小嘴唇说"晚安，宝贝儿"时一样安宁甜美的梦乡。

儿子的第一份工作

儿子八岁的时候，生平第一次从外面得到了一份赚钱的工作，雇主是我们家小区刚搬来不久的一对白人夫妻，盖克先生和盖克太太。

知道盖克先生和太太已经退休，因为盖克先生白天经常坐在他们屋前阳台的竹藤摇椅上，一边慢慢前后摇着，一边读报纸晒太阳。

我和先生两人都全时上班，孩子一个上小学一个才开始说话，我们因为整天忙忙碌碌，所以盖克家搬来有一段时间，我们还从来没有正经停下来和他们聊过天。断断续续知道他们有三个已成人的孩子，五个孙子孙女，盖克先生和太太经常去教会里帮着干许多事。

实际上那时我们没有和任何退休的美国人正经聊过天。除了工作，我们基本上全是围着孩子转，跟孩子说话，跟孩子的老师说话，跟孩子的小伙伴说话，最多的就是和孩子小伙伴们的爸爸妈妈聊天说话。

我们那套住房，说起来小环境绝对没得挑，按照大家谈起房子的套话来说，是前面一个圈，后面一个湖，围着一个小圈盖起来，只有一个通车道进出，没有车道穿插通过。这样进来出去没有陌生杂人，孩子门前骑着小自行车围着中央松树区一圈一圈转，我们一边做着家务一边

只要时不时跑出来溜一眼就放心了。

当大家把孩子一起放风放到小圈的中央空间区打球投篮，或者放到屋后小湖旁的公共儿童游乐区游玩去，年龄相仿的家长们一边看着孩子玩耍，一边海阔天空扯起大山，这样由着孩子牵线，很自然地陆陆续续认识了小区的很多人，知道了小区的很多事。

但盖克先生和太太从来不到社区小孩游乐区来，所以他们搬来有一会儿了，我们还从来没有正经聊过天。

一天晚饭后正在收拾厨房，盖克先生和太太敲门进了我们家，招呼着我们的大儿子，说要给他一份工作。多少年后的今天我仍然记忆犹新，儿子当时脸上由惊到喜的表情。原来盖克一家老两口要出外度假两周，他们给我儿子安排的工作是每天到他们的信箱拿出信件，暂时存放在我们家，等他们回来时还给他们，还有每天要从他们的车道拿走报纸扔掉，每天的工资是1美元。

最有意思的是他们把这些内容写在纸上，像是一份正式合同，上面把工作时间，工作内容，工作报酬，雇主雇员，写得清清楚楚。待他们一条一条仔细给我们儿子交代完，看儿子小鸡啄米一样听懂点头每一条款后，他们便把装着预发工资的一个信封递给我儿子。

盖克一家离开后好一会儿，儿子还在体会第一次挣钱的味道，半相信半不相信地说了好几回："哈，我可以挣钱了！"他从信封里拿出十几张一美元一美元的票子，一字排开摆在桌上，左瞅右看，估计和大老板们瞅着自己挣的第一桶金的情形不相上下，又高兴又不太相信。

儿子的短期临时工干得相当认真，每天回来从来不拿自家的信，只管检查盖克家的信箱，骑自行车顺着小圈转着玩一会儿，总是记着最后连自行车加盖克家车道上的报纸一同带回车库，上班上得还真像那么回事。唯一需要改进的是他把我们家车库当成垃圾桶，报纸拎进车库，随地一扔，他工作就完成了。

想起我第一次挣钱，是高考之后准备上大学的那个暑假。

妈妈单位同事让我去帮忙，把图书室的书重新整理一下。实际上没有多少事，每天就去把一些书刊杂志搬下书架，再把一些新来的书刊杂志填上标签放到书架上。我干着活还可以东翻西翻一些杂志看，悠悠达达又干活又打发时间。每天走去上班想到自己可以干活挣一些钱的那种感觉，真的是一种挺新奇的感觉。“哈，我可以挣钱了”，那种想法本身似乎就可以让我成熟一些。

暑假在图书馆帮忙挣的钱，直到我上了清华大学后才结算出来。妈妈拿到后，很快把它们放在信封里，寄到我的宿舍。打开信封，我看见上面妈妈夹着的一个小小的字条：你挣的第一笔钱。

实际上盖克夫妇一分钱不用花，只要和邮局打一个电话或送个电邮，就可以在他们度假期间停止邮件报纸，回来后他们可以去邮局取回所有寄存的信件。但他们把它变成一个小小的机会，让我们小小的孩子有了第一份工作。

实际上妈妈单位当时并没有多少多余的钱，妈妈同

事知道我要出去上大学，需要花更多的钱，所以尽量想给我找一个机会挣一些钱。这也是为什么过了好一段时间，单位才周转出一些微薄的资金，给我发出工资。

不是所有的人，都可以像比尔·盖茨一样，可以轰轰烈烈贡献金钱、贡献影响，造福百姓、造福万家，但世界上有很多的人，比如盖克夫妇，比如妈妈的同事，做他们可以做的，帮他们可以帮的，一个小小工作，一份小小爱心，一样让人温暖，一样可歌可泣。

外婆家的无花果树

外公是辛辛苦苦做着小本生意的商人，生意小得解放后城乡管理打倒地主改造资本家时他都够不上标准，没有上花名册，但他也倾一辈子积蓄，花费多年，终于足以在城里好地段盖了一个颇具规模的四合院。

四合院从挂着大铜环的两扇大门进去，顶着围墙就是两边两厢房屋。等我 20 世纪 60 年代出生后长大了满地跑，妈妈带着我回外婆家串门时，外公早已过世多年，这两厢房屋已卖给外公的两家远房亲戚，每一厢都住着满满一家人。

顺着青石路穿过前面两厢房屋便走到四四方方的庭院。

庭院一边栽着一些花草树木，另一边就是空地，夏天里，几张凉床搭在那里，好几家人晚上乘凉聊天在那儿打发时间。记得一次我给大家说故事，不知道我编的什么鬼故事，大人们一开始还哼哼哈哈应着，等我说完后就从凉床爬起来观察形势，看大家已经全部被我催眠睡着了，安安静静的，除了蟋蟀时不时叫几声，整片院落就我一个孩子睁着眼睛东张西望。很有趣又很奇怪的感觉，我躺下来看着天空数了半天星星后这才迷迷糊糊入睡。

站在四合院落，左边又是一个厢房，然后隔着一个水

泥铺出的井台和一口老井往后去，又是一个家里远房亲戚买下了住了一大家人的屋子。院落的正面是四合院的主体建筑，四个卧室建在摆着八仙桌挂着长副对联的正厅两边，穿过正厅往后去便是厨房炉灶之类生活区。跨过厨房门再往后走，大门之外后围墙之间，是一块后庭院，在那里，丰盛茂密几乎覆盖整个后庭院，在我今后一辈子梦里萦绕不已永远果实累累的，站着外婆家的无花果树。

外婆家的无花果树，估计有着和四合院一样长的历史。主树径大约有一尺左右，才会走路的孩子两手绕树几乎抱不成圈。算不上参天大树，但树顶已超过了房屋的高度，超过了围墙的高度，有相当一部分长在围墙之外别人家的院落里。别人家从不介意，更多的是喜欢，他们和我外婆家的人一样，夏末秋初时，从树上摘着地下捡着吃不完的无花果。

对我，无花果树一直是一种很神奇的树。整棵树弥漫着一股浓郁的甜甜的香味，树叶才新长出时，毛茸茸的摸起来像绿色的绒布。树叶又宽大又美观，怪不得伊甸园里夏娃不听耶和华的话，偷吃善恶树上的果子，还给她的丈夫吃同样的果子，两人眼睛明亮，知道自己赤身露体感到羞耻时，他们拿起无花果树的叶子，是用这宽大美观的无花果树的叶子，遮挡自己，为自己编出裙子。

特别喜欢妈妈带着我们去外婆家的时候，外婆家除了有许多书我可以抓一本藏在众多房间的一角狼吞虎咽地读完外，最喜欢的就是“打”无花果吃。

一是因为我年龄小，本来就不容易顺手够着成熟的无花果；二是因为低处的无花果家里其他表姐表哥一边玩着一边也摘着吃得差不多了，所以我要想吃无花果，就得去“打”无花果吃。

后园角落里总是倚墙放着几根长长的竹竿，是让我们用来“打”无花果的。拿着竹竿，先是从茂密互叠的树叶里，找到那种紫色饱满的成熟无花果，然后轻轻地用竹竿碰一下果子后面和树枝连接的地方，扑通一声，无花果就掉下来了。捡起来扑扑灰，洗也不洗就塞到嘴里吃，好新鲜、好甜蜜、好滋润的果实哟。

到北京上学读书，到美国留学，毕业后走南闯北，心里一直存着对无花果树的情结，梦里一直追逐无花果树的倩影。

一天上班单位组里的同事纳德从家里带来一包无花果给我们分享，那种端重紫色的无花果子，一如旧时我外婆家后院的无花果。我无法抑制自己的好奇，询问半天他的无花果树的情况，原来纳德妈妈家院里有一棵无花果树，他是吃妈妈家的无花果长大的。等他自己成家买房子后，便从妈妈家的无花果树上剪下树枝自己扦插培养出一棵果树种在自己家的后院。纳德是农业专家，自然知道怎样侍候果树，所以他们家后院的无花果树现在也是“吃不完”的果子。

我和纳德有很不错的同事关系，辗转反侧几宿后，我犹犹豫豫走到纳德的办公室，问他能不能从他的无花果树上，扦插培养给我一棵无花果树。听完了我外婆家的

无花果树的故事，他轻轻地叹了一口气，又轻轻地说："好吧，我来试试。"

隔了一年后的春天，纳德走到我的办公室，招呼我："带着你的车钥匙，看我给你带来什么了！"

下楼后走到停车场打开他的后车盖，赫然展现在我眼前的是一个大纸盒子，里面一坨巨大实沉的泥土，一棵已分杈成型两尺高的无花果树亭亭地站在泥土上……

纳德欣然接受了我送给他表示感谢的葡萄酒，他成了我种树的老师，也成了我更好的朋友。

我的孩子们也慢慢地喜欢起这棵树来，摸着新长出来的绒布一样的绿叶，闻着弥漫开来甜甜的浓郁的无花果香味……

我想每个人都有着或多或少美丽的情结。正是由于这些情结，使我们看到许多平凡事物的神奇来，使我们经历许多甜蜜的或痛苦的情感历程。由于这些情结，我们多了许多牵挂，多了许多期待，多了许多流连，多了许多欣然。

而我想感谢的，是岁月给我们系下的这一份份情结，因为它们，我们的人生更丰满更美丽更果实累累，更像一棵外婆家的无花果树。

滑 雪

最后一次在清华荒岛滑冰，是大学三年级的一个下午。

拿学生证去抵押换一双冰鞋后，便加入熙熙攘攘滑冰的人群。我的水平极其一般，说是滑冰还不如说是在冰上走路，看着滑得好的同学，嗖嗖地从旁边越过我，心里很是羡慕。我当时也算个不大不小的追星族，如果体育场运动队有个健美出色的运动员，就会时不时跑去看他们训练比赛什么的。滑冰场当时有几个技艺出色的玩主儿，我一边看他们养着眼，一边跟着学习滑冰，也挺好玩的。不过前一个晚上，去清华二教上自习时，出来休息晃悠半小时，回去继续自习，不知道谁拿走了我的计算器。计算器当时不大不小还算一件值钱的东西，不像铁皮文具盒丢了可以立马再买一个回来，所以我上了冰场，心里还一直犯着蹊跷琢磨我计算器的下落。这样心理不平衡导致身体不平衡，不说滑冰了，连走冰都不利落，一个跟头接着一个跟头摔，几圈下来，偶像也不见了，太阳也下山了，献丑也献得差不多了，我只好灰溜溜地打道回府，从此之后居然再也没有心情过去滑冰了。

要是早知道清华二教楼有那么多鬼故事，我在那儿丢了个小计算器太正常不过了，我没准儿还有机会在荒

岛滑冰场趁年轻练出个水平来，不至于到美国生完孩子又过了好几年，一转眼还得带他们去滑冰时，发现滑不好是个事儿。先生从东北冰窟窿里长大的，估计以前在冰上走得多了，摔怕了，就是不愿带孩子上冰场，我没辙，只好硬着头皮上，反正到美国后没有遗失过计算器，心理至少是平衡的。

第一次去滑冰场，儿子踉踉跄跄一会儿，就基本上可以冰上走路了，我也很快恢复到清华上学时丢计算器前的水平。看着场上许多技术很不错的大人小孩，我们吃豆腐牙齿快也开始越滑越快。

我一直不放心孩子，所以一边滑一边寻找他，半场刨冰车刨过冰后，他滑得越来越快，终于搂不住，一个四仰八叉朝场边上摔去。我出于本能，隔着老远还想去扶他，本来技术平平，还想突然做不可能的事，所以我也一下失去平衡，重重地摔在冰上。摔跤也罢了，我还往后摔，正正摔在坐尾骨上。那个疼呦，比在清华荒岛冰场最后一天摔跤全加起来还疼几百倍。

以为摔断了骨头，一歪一歪到医生诊所要求拍X光，结果花了上百美元看医生只换来一句话：要是骨头断了，你不可能又开车又走路可以跑来看我的，回家好好养着吧。

算了，不滑冰了，去滑雪吧。

从我们马里兰家里出发，往西北开车不到两个小时车程的宾夕法尼亚州有三个挨着不远，坐落在山区的滑雪度假区，12月初开始造雪，圣诞之前很多滑雪道就对外开放了。

带着老大跟着初学者训练班先上课，学会用意大利比萨饼样式放慢滑雪速度，用献花的姿势双手拿着雪杖从缆车座椅上滑下来，跷右边大脚趾头往右转，跷左边大脚趾头往左转……几天下来，我和儿子就从坡度平缓的绿色滑雪道升级到陡度大一些的蓝色滑雪道。

儿子和我都比较喜欢滑雪，所以我们每年都去山里度假村玩几次。但渐渐地每次滑雪后，我的膝盖会隐隐作痛，等到老二长到可以带去滑雪的年龄，我膝盖已经很不争气了，一天滑下来，整个冬天甚至到春天膝盖都不对劲儿。我坚持着从绿道、蓝道伴随着他滑过两年之后，就向他们宣布，我跟滑雪拜拜了。

当然知道为什么我的膝盖这么不争气。

才上高中时，正是我开始有点臭美注意衣着服饰的时候，一个冬天天气转冷时我忽然意识到棉毛裤太厚太肥硕了，穿上去显得特别臃肿，所以我坚决不穿妈妈给买的棉毛裤，每天就穿一层单裤晃来晃去地上学活动。

可以想象，我这种倔牛脾气小时候让我父母亲头痛了多少次。合肥的天气冷起来零度以下，室内室外结着冰。妈妈无法说服我穿任何现有的厚长裤，只好下了班每天披星戴月给我织毛线裤，因为我说只有毛线裤套在腿上不算太臃肿还可以考虑。等妈妈反应过来我接受毛线裤再到她熬红眼睛织完了裤子，我已经一条单裤在最

冷的合肥冬天挺了十来天，落下了病根。

10年没事，20年没事，这之后病就找上门来报到了。

没有说做每一件事，好的，坏的，都会立竿见影，有些事情要等到几年，十几年或更长的时间之后，才渐现端倪。

小红房子

我们在美国求学工作，有了孩子，打拼得差不多开始买第一幢房子的时候，先生发现了我对红砖房子的特殊喜爱，而我，则发现我的童年已变成一个美好的梦，我似乎总在寻找机会，走回这个梦。

因为我童年时住的是一幢红砖的小房子，因为红砖小房子记录了我童年的日日夜夜，于是小红房子，成了我生命的快乐篇章，成了我想重新走进去的梦乡。

小红房子是市委大院的干部楼。市委宿舍大院里有七八幢清一色模式相同的红砖二层小楼，鳞次栉比地盖在大院的中间地段。每幢小楼，两个门洞两层相同房屋设计，每一套房屋楼上是主卧侧卧，楼下是书房客厅生活区。按理说应该是一家住一套，但妈妈爸爸明显是级别不够，所以我们这一个门是三户人家合着用，我们一家住在楼上的两间屋子。

那时候计划生育还没有开始，每家都有两三个或更多的孩子。大院里同年龄的孩子特别多，上小学时分班级，我们不说一班二班，干脆就说市委班、报社班。那时当然也根本没有电子游戏之类的玩具，连收音机都很少见过听过。一天到晚，我们下课后是玩，放假时是玩，家长放羊一样把我们从家里放出去，让我们小伙伴们无拘

无束、成群结队地打发时间。

大院里本来还有个小松树林，可以到里面拿着竹竿沾着面筋粘知了。后院围墙后门挨着里面贴着围墙门卫办公室的地方原来是一个浮着荷花的小池塘，我去那儿芦苇一样的草丛里抓蜻蜓。但渐渐地小松树林被砍掉了，小池塘被填平了，市委大院开始一幢一幢盖起四五层高的大居民楼房。

我们红房子的旁边一幢四层的楼房，不知道为什么盖了很长时间，一砖一砖地慢慢砌，一个门框一个门框地慢慢装。一年过去了，还是小半截楼房许多窗洞许多门洞张着大口立在那儿。这可成了我们捉迷藏的绝好地方。一说开始藏，钻进去一个角落，猫腰藏起来，别说其他孩子找不到你，你自己能不能找到门出来都是问题，经常都是从窗户洞口爬出来完事。

记得一天不知道谁居然在楼房工地里发现了一条二三尺长的大蛇，大家也不知道怕，让大人们把蛇抓出来打死之后，我们接着在没盖完的楼里捉迷藏，快快乐乐地打发时光。

离开小红房子是因为一位新来的市委高层领导，想独门独户享用我们三家共住的空间。我们每家被分配一套市委大院其他楼的住房，所以家长们倒是高高兴兴，搬进更大更新的地方了。

那一年，我在读小学五年级。

我实际上特别舍不得离开小红房子，尽管在那儿我们居住的空间小得多，可我所有的小伙伴全在那儿，所有

童年的记忆全在那儿，而且我当时还模模糊糊挺喜欢一块儿玩耍、下课一同走回家的一个男孩。

趁工人们装修小红房子的混乱工夫，背着父母我又跑进小红房子，我童年的旧居。在原来我床头开关电灯的拉线上，我发现妈妈爸爸忘了拿下来我做的大虾米装饰，那是我用红色的黄色的和黑色的细玻璃绳花了很多时间编出来的一个大龙虾。在屋子里走来走去思想斗争了半天，最后我还是决定把大龙虾留在那儿仍然系在电灯拉线上，我天真地想这就算我给新的屋主的礼物。

没想到那实际上是把我的一片心留在那里，让我总会在梦里梦见小红房子，总会在梦中梦见生平喜欢的第一个男孩。

在美国买的第一个房子，到底因为各种原因，不是红砖的房子。但是房区风景优美，前面是一个圈，后面是一个湖（池塘），加上邻里和睦，留下很多美好的记忆。

等到想升级买第二个房子时，买房的过程真可谓艰苦卓绝。我想买我梦寐以求的红砖房子，又要好学区，又舍不得旧房子的风景，结果跑断了腿地看房子，买了三四年，才看到一幢还算中意的房子，前面没有圈了，好在后面还有湖和树林，遗憾的是仍然不是红砖的房子。

大儿子临上大学之前，想着要离开舒适的家去另外的城市读书，他恋恋不舍，连着几天在家里东张西望，不停地说我真喜欢这个家。

是啊，孩子在这里的网球场、篮球场、俱乐部、游泳池，不知和他的朋友们嬉笑玩耍度过多少快乐的时光，他

对夏天的记忆，就是在几步之遥的社区游泳池和一起长大的队友们，一起训练，一起打闹，一起比赛，一起会餐的记忆。

就如同我住在童年的小红房子时，和小伙伴们跳皮筋跳房子，一起看小人书，一起顺着夏天的绿树垂柳，一起放学后走回家时的快乐记忆。

我想在这个房子，这个我孩子们长大时居住的房子，我会住很长时间。等孩子们出了远门上学了工作了，也许有一天，他们会做起我红房子一样的梦。我那时会打开门迎上去，迎接他们，回到他们童年少年的快乐时光。

而我的小红房子，我仍会不停地寻找，不停地计划。有梦就好，有梦，就有一份愿望；有梦，就有了圆梦的一份期盼。

妈妈的绿拇指

Green thumb 按字面翻译是绿色的大拇指，是指那些很会种花种菜的人。换句话说，在这些人的手下，植物都长得很好。

我和妹妹相继来到美国，又一个一个相继生下孩子后，爸爸妈妈便开始了不停地从合肥到上海，从中国到美国，过一段时间，又从美国回中国的国际长途旅行生活。在美国期间，他们会在东海岸马里兰我的家待上一段，然后再飞到西海岸加州妹妹的家住一段时间。

每次妈妈从中国出发前，会安排我的姐姐在合肥买一大堆我们小时候在南方吃着长大，来美国还念念不忘的各种小吃，什么小胡桃呀，榛子呀，什么猪肉脯呀，五香瓜子呀，等等，再买一大堆彩色小画书，好让我们在这里给孩子们读一些中文的故事。有一件妈妈一定自己亲自跑腿的事，是跑到菜市场里，从她认为不错的菜农手上，买一些菜籽。她老早就给自己布置了任务，到美国居住期间，她既要到我家种菜，还要到妹妹家种菜。

我们家的后面，是一片小树林地带，按规定属于保护区域，不可以再盖房子了。当时选中这所房子，这个小树林区是我喜爱的原因之一。春天到了，一片油油的绿色，因为没有栅栏，从落地长窗望过去，就像看一幅画框里的画。早晨推开窗，可以听见无数小鸟叽叽喳喳唱着它们的歌曲，再加上不远的小池塘，许多鱼儿在清澈的水里游来游去，几块巨石立在水中央，大雁飞来了，就会聚集在上面，很自然就是一道风景。

还有我喜欢的池塘边的几棵杨柳树，像是我南方老家的树，又像是在清华上学时留下不多但极喜爱的几张照片里的树。

风景是好看，可想种东西麻烦就来了，小树林里住着大概一到两个鹿的家庭，经常悠悠地一大家踱到我们家门前，打招呼似的和我们碰一下面。

先生有一年早春时分，从植物花店买了两打含苞待放的郁金香，费了半天的劲又是耙又是刨，把它们栽到门前石路的两旁，之后便是许愿希望鹿不要光临我们。这么大的树林，那么多的草，还不够你们一家吃吗？春天过后，郁金香开完，你们可以天天到我家来打招呼呀。

连着两天，早晨起来第一件事就是打开窗帘往下看，看花儿还在不在。第三天早晨我是被先生的怒吼声惊醒的，花没了，郁金香花苞一个不剩了，小鹿儿们甚至把绿色的花茎都快吃光了，只留下一些纷乱的脚印。

我们每年秋天 10 月会在门厅外面的台阶上放着几个大南瓜，算是一种装饰。小区里很多家都放，有些家会有更多的装饰，门上挂着象征收获的花环呀，或者草坪上放着一辆小推车，车上堆满小南瓜、稻穗什么的。我们家门口南瓜的另一个功能算是给小鹿家庭的一个贡品。幸运的是似乎总是万圣节后，它们会在一个深夜或凌晨，把大南瓜大嚼一顿后扬长而去。

妈妈到我们家来，为了保证收成，没办法在后院种东西给小鹿家当早点，只好以袖珍小农的小规模经济，在我们后面的阳台上，十几二十盆，一盆一盆地种庄稼。因为房子的地下室可直接走出去，高高的阳台连着厨房的门高出一层楼，至少小鹿们跳不上来。

所以妈妈来美国的时候，我们的饭桌上时不时会有些新鲜家产的西红柿、青椒、黄瓜、小油菜、绿豆角之类。走到阳台上，一眼的支架藤蔓，绿叶红果，好漂亮的一个微型农田。

妈妈到加州妹妹家，更是可以大展身手。加州的天气好，妹妹家前院子除了几棵橘树、无花果树栽在栅栏边上，剩下的大部分就是特别垒高一些的花台，还有简单的灌溉水管系统。妈妈去那儿过一段时间，妹妹就会传来照片，或是爸爸在摘豆子呀，或是妈妈笑得特别高兴地站在她的小农田旁。从照片上看得见小农田里一眼的西红柿果实、南瓜秧子、雪里蕻菜叶等。

妹妹来电话说她的女儿们太喜欢外婆了，喜欢外婆种的菜。她的大女儿和我妈妈这样谈论她的计划："以后我长大结婚了，外婆也到我家来住，我房子不够大的话，就在后院盖一个小小的屋子，外婆就可以一直住在里面。"

而我的孩子们，一到开春的时候，如果外婆不在我们家，他们就会长吁短叹地说假如外婆在这儿该多好啊，外婆有一个绿拇指，所以外婆种什么都种活了，都结果实

了，都好吃。

其实，我的妈妈是城市出生城市长大的女子，来美国之前从来没有种过庄稼蔬菜，可是她来之前仔细问仔细听菜农告诉她怎样种菜，来之后天天像看着婴儿一样看着播种下的种子，照顾生长出来的幼苗。整天又是拔草又是灌水，花盆这儿搬那儿挪地追找太阳光线。她的绿拇指，着实是因为花费了心思、时间和精力的结果。

我有这么一个绿拇指吗？我会种下些什么，会让我的孩子们，以及以后他们的孩子们，同样这么惊喜热爱我吗？

当我把自己喜爱的好文章，一年年一次次像是不经意地翻开放在孩子们吃早饭的桌上，他们从视而不见到情不自禁歪着头读起来，到渐渐地喜欢某些作家，某个杂志，到热爱读书，到喜欢写文章，喜欢写书，他们看见过我的绿拇指吗？

当我年复一年，日复一日，一边读着欣赏着无穷无尽的书籍杂志，一边恳切地求教他们看不懂的英文单词，典故成语，让他们得意地回答，同时好好地揶揄一把自诩英文不错的妈妈，然后他们使劲地想学会更多的单词，读完更多的希腊神话故事。因为他们知道妈妈哪一天一定又有看不懂的单词句子，理解不透的文章说法，要向他们讨教，他们又可以得意地大叫“我知道”，又可以好好地揶揄一把很少服输的妈妈。

他们知道那时高兴又委屈的我，我的爱抚他们的手，有着一个绿色的拇指吗？

他们以后会否知道，有些年，当圣诞老人从千里万里外驾着车赶到我们家，当等待圣诞老人实在困了不得不去睡觉的他们上床后，又是谁像精灵一样踮着脚尖轻轻滑行到壁炉外，把越来越厚的书，放在他们高高挂着的圣诞长袜筒里？

我想他们终究会知道的，每一个妈妈，都用她的全部生命，爱着她的孩子们。每个妈妈，都天生长着一个绿拇指，在她孩子成长的过程中，每天辛勤地播种喜悦，播种知识，每天不懈地抚育希望，抚育力量，呵护着她终将伟岸成才的孩子们。

做饭烧菜

从小在家里，爸爸妈妈从来没有让我们姐妹三人学做饭，一来他们是典型的中国父母亲，自己任劳任怨希望让孩子们落个清闲；另外就是妈妈常说的："你们现在能把学习搞好，以后做饭没有学不会的。"

从家里上清华集体宿舍，一住就是十年。宿舍楼没有厨房设备，按照规定又不准个人用电炉丝之类大瓦数器件。当然，仍然有同学有时用电炉丝自己烧东西吃，经常是一烧不多久，一层的电灯全灭了。学生辅导员挨着屋跟查小鬼子似的搜查，查到一个没收一个。学生食堂不好不坏，凑合着过下去过不下去都得吃，这样等到出国时，我还是不会像样地做饭烧菜。

实际上在清华期间买过一个小瓦数的电热杯，是那种接通电源不会让电灯哗啦一下暗一大截的小器件，所以从来没有被辅导员没收过。那时最大的烧菜本事就是烧开水泡浙江紫菜，或者做蛋花汤。好在我一点也不挑食，除了学习，各种课外活动，课题研究，再加上各种情感波折，早就把吃一日三餐推到不知哪个犄角旮旯去了。

和先生结婚后我们从他的单位分到了一套崭新的两室一厅住房。但是房子在定慧寺附近的一个新的住宅小区，尽管我们花钱花精力把房子布置得温馨又实用，但是我骑自行车从清华至少得四五十分钟才可以骑回家，所以我基本也只是周末回去一下，平时还是住在我喜欢的清华园里。先生每天下班后从单位骑车回家，自己点火做饭，周末我回去他又熟门熟道买更多的蔬菜肉类改善伙食，这样让他的厨艺大长，而我尽管有了自己的家，还是不怎么会做饭烧菜。

来到美国上学从学校毕业了，工作也有了，孩子也生出来了，因为父母经常来美国帮忙，妈妈一来就成了我们家的大厨，平时先生手脚极快，三下五除二就搞定一家人一桌饭菜，结果我在厨房里还是插不上手。

等到孩子们渐渐长大了，他们所属的各个体育队之间的社交活动越来越多，很多时候赛季结束后的庆祝活动，是每家带自己做的食物聚在一起大家分享。

孩子们每次眼巴巴地希望我们带最好吃最漂亮的食品去，这样他们可以领着小伙伴指着我们的盘子说："这是我家带来的。"

我总不能带鸡蛋炒西红柿或一锅肉骨头汤吧。为了孩子，我开始学做菜，而且是做西式菜点。

我想妈妈一向是对的，学习能学好，还有做菜学不了的？一说开始学做菜，我立马跑到书店里买回一大摞菜谱来，再量杯量勺烤盘配料呼啦啦买一堆回来，然后翻开菜谱按图索骥去食品杂货店一个原料一个原料买下来。

说来这世界上还真是怕就怕"认真"二字。我做菜跟做功课一样认真，一两年下来，也正经学会了不少拿手的好菜。

先是孩子们乐得可以坐在家里点西菜了，我其他时候不太清楚，但做菜的时候有点自信心不算太高，所以特别谦虚好学，有反馈时必有思考，力求精益求精。

其次是再也不用担心运动队社交活动每家带菜的事。社区游泳队每年举行一次“面食晚餐”，每家自愿支持一种面食，我可以轻轻松松做出一大盘意大利面条加上调料佐食，让孩子们高高兴兴带去参加活动。

老大的俱乐部游泳队，每个周六的早晨一大早训练两三小时，家长们每家轮流管早餐。想想一家要准备丰盛的早餐，应付20多位苦练了三小时，饥肠辘辘的青少年运动员，工作量还是挺大的。好在慢慢已经训练出来，要烤要煮的食物平时都做过，早餐日只要之前准备好材料，起个大早多做就行了。看到孩子们吃得狼吞虎咽、风卷残云，心里还在暗暗窃喜，幸亏自己学会了做菜烧饭。

学会西菜后又想起家里自己小时候喜欢吃的饭菜，一不做二不休，干脆又开始接着学做中菜。先是把以前家里过年吃的饭菜一个个尝试学会，然后又从网上从书上找一些看着不错的菜谱，顺着个一溜儿照葫芦画瓢，开练起来。

发现很多时候，做菜是一件让人快乐的事。先是准备的过程制作的过程，也算是一个小小的创作东西的过程。人们一般还是喜欢创作一些什么的，所以看见一盘菜做出来了创作有个结果，会感到挺高兴。

然后自己享用，孩子家人也很喜欢很享用，这样一个正面的反馈又会使人加上一层快乐。请朋友们来家里聚

会时，听见朋友们对厨艺的赞赏，我会嘴里客气着但心里却得意得不行。

要不是因为孩子，我想我会一直马马虎虎打发烧饭做菜的事。是因为他们，我一开始不得不准备带去参加活动的食物，到后来能够而且喜欢烧饭做菜，我由此多了一门手艺，多了一份好心情，多了许多和孩子们在一起的快乐时光。

所以说做母亲是一份艰苦的工作，但同时又是一份高报酬的工作。

谢谢孩子们给了我们这份世界上最好的工作。

种 庄 稼

每年春天，如果爸爸妈妈不在美国，或他们住在加州妹妹家，我就会和孩子们自己在屋后阳台上七盆八罐、大刀阔斧折腾着种庄稼。

才开始的时候，是从店里买出了芽的小菜苗来种。主要让小儿子打点，于是他就想象着外婆种菜的程序，今天拔了草，明天浇个水的上起班来。

阳台很大，有 30 多平方米，建在离草地一楼高的位置，可以很方便地从厨房直接走出去。除了夏天才用的烧烤机和户外的玻璃野餐桌以及金属椅子外，剩下的地方快被我们陆陆续续从店里抱着扛着买回来的花盆陶罐占满了。孩子们没事往阳台上一站，左审视右揣摸，然后拿水壶浇水拿细绳竹竿这儿攀那儿扎，忙忙碌碌地做着他们认为很好玩的事情。

这样盼星星盼月亮几个月后终于盼到西红柿熟了，小儿子拿着剪刀小心翼翼把西红柿剪下来，坚持要求爸爸拍照立据后，再把一个半大的西红柿一切四份，每人分一口。这一份得意，这一份珍惜，然后长叹：一分耕耘，一分收获。

我一下子就想起给他们小时候讲故事的事。

我上学时除了背唐诗宋词，中国古代史近代史，美国

历史,欧洲历史外,还不知道从哪里找到时间,把一本小汉语成语词典,从头背到尾。生完孩子给他们讲故事才发现,这记住的成语真是帮了我的大忙。每次讲故事,我会先把脑子里记住的成语溜溜排一个队,挑一个故事性强的,什么塞翁失马焉知非福,什么三人行必有我师,什么笨鸟先飞,叶公好龙,一字千金,黔驴技穷,洛阳纸贵等,统统添油加醋大加发挥一通,照基本定义编一个故事,把孩子们听得一愣一愣儿的,就像我当年趴在收音机前,听刘兰芳讲岳飞,讲杨家将评书似的。

孩子小的时候,听这些故事听得上瘾,但同时好奇我是在哪里放着这些故事,我说在我的肚子里呀,不知道他们有没有妈妈是大肚子罗汉的回忆。每次讲完故事,我会一遍遍重复故事源头的成语,希望他们记住一些内容,或者成语本身,或者成语的含义。

后来我们阳台种庄稼觉得有些信心,于是不买秧苗,而是用菜籽从头做起,结果第一次就闹了个笑话。

我们先是在屋子里一个小花盆中放了几个西红柿籽,儿子们隔几天浇一下水,经常看着是不是有芽苗出来了。同时这土里有好多小杂草也冒出芽来,他们因为事先没有用牙签或其他任何标志准确地标记下菜籽的地方,拔着拔着小杂草,慢慢地闹不清长出来的是西红柿呢还是杂草呢,是拔了还是留着呢?

我趁机教他们一个“良莠不分”的成语后,就眼巴巴看着其中一棵秧子每天茁壮成长。后来在花盆里,立个杆子,牵一股绳子,这棵秧子居然像藤蔓一样往上爬,快

到天花板一般高了。我们为此整天调侃着开玩笑，你指我，我指你，说你种的西红柿长得也太奇怪了，怎么不开花不结果，长得跟杂草似的。

有时雨水多一些，或者阵雨狂风之后，有些植物会被吹得七歪八倒，我和他们又只好折架子装架子忙活一阵，我又会敲敲打打送上"矫枉过正"呀，"揠苗助长"之类的故事。

想起一句成语，寓教于乐。

红妈妈，白妈妈

大儿子一岁多时，先生的公司在上海有些业务需要他处理，所以我们一家三口顺便从美国回国内探亲访友待了三周多。

那时国内还挺时兴照艺术大头照的。我一想自己应该赶紧抓住青春的尾巴，趁机留下几张倩影，以后跟儿子谈起自己过去如何如何，至少有点儿青春证据。到照相馆被工作人员左抹右画一番，又走马灯似的换了几套照相馆提供的衣服后，回到美国家里墙上就多了两幅似是而非我在玻璃相框里的大头艺术照片。

一幅镜框里我穿着中国红花高领土袄，两边头发各扎一个红花结，像是山沟里出来的大妞；另一幅相框里我穿着乳白色的毛大衣，披着乳白色的毛围巾，就像飘在白云里一样。

等儿子长大到可以开口说话的时候，我们家就有了两个妈妈。把儿子抱起来，在家里东张西望，他高高兴兴像发现新大陆似的，用胖胖的小手指指着我像大妞的相框叫："这是红妈妈。"然后指着白云相框叫："这是白妈妈。"

后来儿子又找了两个妈妈，我不在家时想念他和他在电话里说话的人是"小妈妈"，每天忙得不亦乐乎的我

是妈妈，同时是“大妈妈”。

童年的孩子们，用他们独特可爱的认知力，给我们创造一个又一个惊奇，给我们带来一阵又一阵欢笑。

小儿子两岁的时候，一天他在浴缸里洗澡，先是玩了半天漂浮在水中的玩具，黄色的小鸭子，绿色的小乌龟什么的，然后开始研究自己身体的小零件，然后很是了不起地向我们宣布他的新发现：“我有鸡鸡，我还有鸡蛋。”

那时候问他妈妈叫什么名字，他不容置疑地回答：“妈咪！”爸爸叫什么名字？叫“Daddy”。哥哥叫什么名字？“DeDe。”小儿子的答案清脆又响亮 。

哎呀这大人费了老鼻子劲，又查字典又翻皇历起出来饱含深意的名字，怎么就这样被我们两岁的儿子全变成一串简单的音节了。有时他还会把某些说法，简化或变化到让人震撼的地步。看我吃东西问我吃什么东西，我说在吃板栗，结果他向下班回家的爸爸紧急汇报就变成了“妈妈吃狐狸”。

儿子们每周去中文学校学习中文，但毕竟美国的中文环境不算理想，孩子们学习的时间又不够充足，所以经常给我们闹出一些令人忍俊不禁的笑话。

我们对他解释过“画”是什么意思，解释过“家”是什么意思，然后要儿子解释“画家”是什么意思，他说：“Paint your house”（油漆你家）。

那“艺术家”是什么意思呢？答：“Art house”（艺术屋）。

那“开心死了”是什么意思？“Open heart and die”

(把心打开,然后死掉)。

算了算了,好好的高兴到巅峰的事儿,怎么愣是给掰成悲剧了。

讲屈原投江自杀后,老百姓们万分悲伤,忽然想起来问儿子,知道"万分"在这里是什么意思吗,"还能什么意思",儿子胸有成竹地回答,"万分是 10000 points(点)呀。"这怎么听起来这么别扭,是打扑克牌呢,还是玩游戏攒分呢,精确度没得说,可就还是一个答得不对。

大儿子八九岁的时候,偶然一次机会,发现给他们讲故事已经不再是一件简单的事了。我换主人公的名字,换故事发生地点等,把"塞翁失马,焉知非福"的成语故事绘声绘色添油加醋又讲了一遍,这丢失的马带回来的马多么英俊,这生下来带回来的小马多么壮实一阵渲染之后,问儿子这故事想告诉人们什么道理。

儿子想都不想,一口答出:"Give animal time to mate"(给动物时间去配种)。

哈,这下我算佩服儿子了。我读了这么多书,自己用过,也听过多少人用这个成语,原来古人想由此提醒我们善待动物,给它们自由,让它们撒欢呢。

我和妈妈聊天时,有时我会问一些怪无聊的问题:妈妈,我几点几钟出生的?妈妈,我小的时候真的闹不清男孩女孩的区别,自己脱掉上衣和小男孩们一起躺着在星星下面乘凉吗?

如果妈妈哪天突然想起我的一件小故事,哪怕事情再小,再微不足道,我都会特别的高兴,特别的感动,我会

努力想象着我那时的模样，想象着那时妈妈对我的爱。那种被妈妈抱着，被妈妈记忆着，被妈妈爱过的感觉，会温暖地蔓延来陶醉我，让我由衷地感到幸福。

我想这也许是为什么，我总是努力地想记着我孩子们小时候的音容笑貌，他们天真无邪的小故事，他们有趣的小经历，我那么地爱过他们，他们的童稚他们的故事曾经给了我无限的幸福。

也许有一天，我向他们回忆起这些小故事，他们会感受到被妈妈抱着，被妈妈记着，被妈妈爱过的感觉，他们也许会温暖地陶醉着，由衷地感到幸福。

妈妈的眼睛

妈妈家的人一色儿都有着那种大大的眼睛，妈妈的眼睛尤其漂亮，黑亮的眼眸，配上弯弯的眉毛。小时候我会经常看妈妈的眼睛，说你的眼睛好漂亮。如果别人说我长得像妈妈，我会一边嗬嗬哈哈问别人：是吗？一边心里嘀咕着：这怎么可能呢，我的眼睛太小了，我长得一点也没有妈妈好看。这种认识一直持续到我来美国马里兰州约翰·霍普金斯大学上学的时候。

我当时算是穷学生一枚，和先生出去玩大不了就跑到巴尔的摩城市中心的内港转一转，照照相，然后在熙熙攘攘的商业大楼阳台上，等到一个座位圆桌，一点一点吃马里兰州切萨皮克湾著名的蓝螃蟹，看下面来来往往的游客。

那时照相仍然是用胶卷，等到照片冲洗寄到我们宿舍时，我一打眼看见一张我穿花裙子站在大街的照片，当时我有一种触电的感觉，天啊，这不是妈妈吗？这个照片上的我整个是我记忆中妈妈年轻时的模样，从站姿，神态，笑容，到我从来认为跟妈妈没有共同之处的眼睛，我什么时候莫名其妙长成我妈妈的模样了？

不过我从来没有听妈妈说过她自己的眼睛好看。每次我有点忧伤又调皮地问她为什么不把我生出和她一样

的一双眼睛时，她总是说你的眼睛很好看，年轻就是美之类的话。但她经常很自豪地说自己的眼睛视力极好，爸爸的视力也很好，她的孩子们没有一个戴近视眼镜的。

我一上大学就把她的这个“孩子们没有一个戴近视眼镜”的神话给打破了。

当时考进清华光学仪器专业要求学生视力好，所以同学们个个是2.0或1.5的视力进了校门。大一时跑课挺多的，从东边教室上完一节课，又连滚带爬往西边教室赶又一节课，另外就是上大课。记得一年级数学课是在西阶大教室上的，几百号学生个个挤得跟包子似的坐在教室里。我上课比较拖拉，每次大课不要说早到一些可以拣个座占个位什么的，能在老师开课前坐下来就阿弥陀佛了。所以总是在最后边最侧边听课。

最怕老师上大课时在黑板上写太多字，黑板有些旧，怎么也擦不干净似的，老师吸了一鼻子粉笔灰，奋臂擦完黑板后，黑板就变成了一块白白的板。尽管我伸着脖子，眯着眼睛使劲瞅黑板上的板书，那感觉也就跟站在河岸看河水里翻飞的大鱼似的，看不清楚，只看出个大概。再加上晚上学生宿舍一到十点准时关灯，或者说被关了灯，我经常只好拎着一本小说杂志跑到屋外来，靠着墙，在昏暗的楼道光线下读书。

这样大学一年不到头，就把自己折腾成近视眼，回家告诉妈妈时自然是又被长吁短叹一阵子。

几年前的一天听到姐姐打电话，说妈妈眼睛视力急剧下降情绪很坏的消息时，我茫然着急不知所措。妈妈

60岁才开始有白头发，眼睛视力一向好得不能再好，几个月前在美国妹妹家不是一切都好好的吗？

妈妈发现眼睛不对劲儿是因为看对面楼的阳台栏杆，说怎么该是直直的栏杆变得歪歪曲曲，等到不急不慢想起应该去看医生，老年性黄斑变性病已经在几个月内摧毁她的大部分视力。安徽省立医院没有有效的办法，只好到北京医院，找专科医生治疗，结果有效的美国进口药，还得一等又等才能等到。姐姐给我电话说，妈妈已经是右眼视力0.04，左眼视力0.01了。

我在美国联系到眼科医生，然后去机场接他们。去机场的一路，我都有些恍惚，0.04、0.01是什么意思？姐姐已经解释说是可以看见亮光和暗色的区别，而且一个劲儿说妈妈现在已经从最初的重击下情绪恢复过来好多了，妈妈让我不要太着急。

在机场看见爸爸领着妈妈慢慢走出来时，我一边挥手一边大声喊："妈妈，我在这儿！"她循着声音转过头来，我明显地看出她的眼睛不会正确地聚焦，她是凭着声音猜到我的方位。可是我还是不知道什么是0.01、0.04的视力。等他们走近我，我问："妈妈，你能看见我吗？"她很干脆地说："我当然可以看见。"她然后凑近我把手伸向我的脸，说："这是眼睛，这是鼻子，这是嘴巴。"

我再问："那你说我脸上什么表情？"

她迟疑了一下，然后说："是在笑。"

几天后，在眼科医院的诊所里，当医生让妈妈捂着一只眼睛测视力，从小号，中号字母到最大号字母，妈妈茫

然地一概回答看不见。

然后医生打开墙上一盏灯，问妈妈："你能看见灯在哪里吗？"当妈妈转来转去，努力想找到灯亮的出处，最后瞎指一个错的方向，说是在那儿吧时，我的视线已经被止不住的泪水完全模糊了。

接下来的日子，却是完全出乎我的意料。首先是妈妈的情绪非常稳定，没有抱怨没有哀叹，另一件好事是尽管这里的医生也回天无力，没办法恢复她的视力，但是她残存的微弱视力没有进一步恶化。

快要 80 岁的妈妈，现在活得比我们家里的任何人，比她以往任何时候都坦然，都快乐。

她由衷感恩这些微弱残有的视力，使她可以从住了多年的合肥老家宿舍楼，扶着楼梯走下楼，去外面走走路，去和熟悉的街坊邻居聊天，去她熟悉的菜市场买东西，然后在厨房里摸索着，做好她和爸爸两人一天的饭菜。时不时还特意多做一些菜，让爸爸坐汽车送到姐姐家里。

实际上拥有快乐是件又难又易的事。得到快乐的关键，是拥有一颗感恩的心。

高中棒球队

儿子进高中的第一个开春，经过连着几天的多轮筛选，终于进入学校棒球队。

我还在想这是理所当然、水到渠成的事。他从六七岁人不比球棒高就开始打棒球，一年又一年、一季又一季，不是总在常胜队，也总是队里前几名主力。进攻中时不时打出本垒球，防守时不是投手就是在二垒三垒场地中间，守着大片江山的优秀游击手。

我们家里办公室的书架上，摆满了历年来他赢得的奖杯。不过说赢来的奖杯稍微有点夸大其词。美国孩子们的业余体育活动，对孩子们，尤其是低年龄的孩子们，热情鼓励的程度快到了盲目吹捧的水平。一场球打完了，甭管是赢球的队还是输球的队，几乎所有的家长教练都拍着高兴的失望的，高的低的胖的瘦的孩子们的头，一脸真诚地夸奖：你打得真好。

球打出去跑上垒的当然叫作好，球打出去被人空中接着了只好出局的也叫作好，因为打球的姿势对就是好。对方球投过来这边纹丝不动，球棒挥都没挥，球边都没擦着，场上家长们还是一片叫好："好眼力！"

反正只要是自家的孩子怎么都是好。想到我也算个好孩子，从小到大往家抱回一大堆班上只有前几名才会

得到的奖状，可是听家里人为我喝好的次数，加起来还不到一小孩球场上站着喝冷风得到的奖多，想起来我都替自己委屈。这美国人也太会给孩子加油鼓劲了，赛季结束，每一个球员各得一个奖杯。

不过家里还是有几个奖杯是真正赢来的。上高中前几年，儿子一直在同一个社区棒球队打球。球队教练以前是美国威克森林大学队很不错的棒球手，他有两个和我儿子年龄相仿的儿子，因为喜欢棒球，同时为了教两个儿子，他便每年尽心尽力组织管理这支球队。

儿子初三年级春天的赛季，球队经过几年苦战，登峰造极终于第一次赢得赛区第一名。说起来美国人输了都趾高气扬，赢了更是惊天动地，这第一名奖杯，金光闪闪，人高马大，块头似乎一点也不比棒球世界系列美国职业棒球冠军赛的奖杯小哪里去。

儿子进入高中棒球队的艰苦日子，很快就来了。那年的冬天，冷天气赖在我们这儿久久不愿意离开，已经开春了又在东部连下几场大雪，儿子每天早晨天不亮就背着快压断背带的书包，再提着沉重的棒球包，在冰天雪地里一步一滑从家里往校车车站走去。我常常掀开卧室的窗帘，默默地看着他走出视线，一边心疼，一边为他从来不要求我们像许多家长一样干脆连人带包送去学校的倔强劲儿感叹。

棒球队每天两小时课后训练，儿子从来没有抱怨，可是渐渐地他开始回避和我们多谈棒球队的事情，情绪也越来越低沉。我们只是陆陆续续听到队里有很多很棒的球员，有些球员从爷爷到老子一直是大学的主力棒球手。

比赛正式开始时，我们终于明白儿子不愿意告诉我们的事情，他是队里16个人中唯一的亚洲人，而且是为数不多从来没有得到过私人棒球教练一对一强化训练的孩子。其他孩子的家长们代代相传，有着美国棒球历史的丰厚经验，而且比我们更知道怎样更科学地训练他们的孩子。这些孩子们以前散在各个俱乐部队中，比赛时由于大多数不和我们俱乐部一个系统，所以没有对过手，现在强手云集一处，高低一下就显出来了，儿子生平第一次成了板凳队员。

季节从冬天过渡到春天，儿子的情绪反向地从春天过渡到了冬天。

到学校高中队时，所有孩子渐渐已经完全走出小孩时你好我好大家好的幼稚阶段，队里更倾向于职业球队的风格，每个队员在队里的社会地位，很大程度上取决于这个队员的技术水平，对队里比赛得分贡献程度的大小。这样一来，板凳队员的处境就可想而知了。

这是儿子一段挺艰难的日子。棒球队训练多，训练强度大而且训练时间长，加上教练近乎虐待的训练风格，严格苛刻的纪律要求，本身已是不小的压力。但我知道更大的压力是他感觉无法脱颖而出。和大家一起提前两三小时到场，一起暖身一起练球，比赛时却鲜有上场，多半是或者记录比赛结果，或当啦啦队，这是他难以接受的挫败。

赛季还没有结束，他已经决定明年再也不去参加学

校棒球队了。他认定进入棒球队是一个错误的决定。

儿子仍然一如既往参加队里的训练，一如既往和队员们交着朋友，一如既往地提前两三小时在下一个比赛前到达赛场，同时一如既往含蓄地阻止我们去看他的高中棒球比赛。

赛季快要结束的一场比赛，先生在比赛快要结束时开车到赛场准备接他，教练一眼看见，高兴地对先生说："你儿子今天打了一个漂亮的球，成功地上到一垒。"

这是儿子棒球生涯的最后一棒。

经过一次大起大落，看完一回山外有山，儿子憔悴了几分，也深沉了几分。

他开始一门心思扑在游泳训练上，比以往任何时候更刻苦更卖力……终于他站在州里游泳接力第一名的奖台，打破队里年龄段的纪录。

两年后，他所在的高中棒球队获得地区冠军，校报上区报上刊登出棒球教练为完成许诺在胳膊上加上校徽刺青的照片。

多年后，儿子不再说参加高中棒球队是个错误。当以往的队员们被特招到著名大学打棒球，到职业冰球队打冰球，他们一起祝贺一起欢庆，一起回忆在训练场上共同流过的汗水。

说起来，哪一段经历都可能成为精彩一章，只要你尽力而为，问心无愧；哪一段道路，尽管天遥地远，荆棘载途，只要你走过来，只要你走出来，回头望去，实际上都是人间正道。

体育奖杯　孙宇明摄影

灰狗汽车

儿子冬假后要在开学前一周回到学校，去参加大学兄弟姐妹会招收新会员的活动，这样一来浪费了预先买好的回程票，他只好精打细算买了一张最便宜的单程灰狗汽车票，从马里兰巴尔的摩灰狗车站出发，转三次，八九个小时后方能到达纽约西北部他上学的大学城。

我和先生一起开车送他到车站，等车开了有一段路程，想起来转过头问坐在后面的他："你戴手套了吗？"他所在的大学城一向冷得出名，这天又出奇的冷，晚上他下车后，还得拖着行李走到一里之外的旅馆住下，等第二天宿舍楼重新开放后才能坐公共汽车回宿舍把行李放下，然后参加当天的活动。

我查过当地的天气预报，当晚的温度是摄氏零下二十几度。

记得爸爸以前每次送我从合肥火车站回北京上学时，经常在我们已经大包小裹上了公共汽车离开家到火车站的路，突然冷不丁地问我："你火车票带了吗？"我只好在拥挤不堪的公共汽车上，又是翻包又是倒腾地拿出火车票，让他看一眼才算完事。

儿子叹了口气，说："妈妈，我戴手套了。"无可奈何的神情就像当年的我，对着爸爸妈妈大喊："你们为什么总这么担心我呀!”

妈妈是从来不到火车站送我的,我知道她是怕到了车站后,流起眼泪的模样让别人看见。有时我挥手说再见,脚还没有踏出家门妈妈已赶紧背过身去,不让我看见她不舍的泪花。

无论我怎么抗议,回北京无论怎么样也要给他们发一份电报,“哪怕一个字也行”,妈妈坚持着。我闹不明白她为什么担心我会丢掉了,一大帮同学一起坐火车,一大帮同学一起回学校,怎么会把我丢掉了。

灰狗汽车每次转车的时间,只有十几二十分钟,所以有过乘客前一段路程的车晚点了,后面一辆车正点出发,结果乘客被留在车站,无计可施。于是我嘱咐儿子每换一次车,给我们发一个短信,这样我们可以放心一些。

叮当,儿子短信说到了第一个车站,马上要排队上下一路程的车。“谢谢告诉我。”我短信回答他,心开始移动到第二个车站。

离第二个车站车子发车 5 分钟的时候,还没有儿子到达车站的消息,我终于坐不住了,打电话去车站,问能不能让下一辆车等一下,等着我儿子坐的车子进站,电话那头工作人员吭吭叽叽想找出一个说法,忽然她高兴地大讲:“你儿子的车子现在正在进站。”

一分钟后,儿子的短信发过来,告诉我,车子到站了。随后他又告诉我这个车站很漂亮。

我想他也许永远也不知道,我已经在这之前焦急地给车站打电话,知道他的车到站了。

1989 年初夏的时候，北京着实混乱了一阵。事情平息后的一天，一个同学气喘吁吁跑着找到我，说宿舍楼下传达室电话，我爸爸打通了电话正在急着找我呢。

我一开始说话，就觉得爸爸有点语无伦次。“你在吗？”这是他问我的第一句话。嗯？有这么问话的吗，我要是不在你和谁在电话上讲话呀！我前几天住在北京朋友家，没有住宿舍，他说他和妈妈这几天到处打电话，问我同学问我朋友，想找到我，妈妈已经让爸爸买火车票，要到北京找我来了。

现在想来，我当时脑袋里一定缺一根筋，怎么一点都没有想到去通知爸爸妈妈，告诉他们我一切都好的。

这个世界，有多少改朝换代，斗转星移，这片土地，有多少芸芸众生，悲欢离合，一代一代人，没有同样的生命，却重复着同样的故事。孩子们各不相同，可全世界的父母都是一样的，一样地牵挂他们的孩子，从第一刻，到永远。

长尾小鹦鹉

老大五岁的时候，整天缠着我们给他买宠物狗买宠物猫。当时弟弟才出生不久，尽管有外公外婆来美国帮忙，我们还是一天到晚大事小事一箩筐，怎么也扯不起更多精力再照顾一个狗儿或猫儿。最后实在缠不过他，就带着他上宠物店买了一对绿色的长尾小鹦鹉。

既然小鹦鹉请回家了，我们就得好好照顾人家呀。又查书又上网学习了半天，除了把长尾小鹦鹉家族历史，作息饮食以及婚嫁繁衍制度了解清楚外，还读到一篇挺忽悠人的文章，说小鹦鹉它们从宠物店的群体家族出来，寄居到我们寻常百姓家里，会感觉挺孤独的。所以为了保证它们的情绪健康，我们最好每天和它们说十几二十分钟的话，交流交流感情，这样人鸟皆宜。

这个光荣艰巨的任务，很自然就落到大儿子的肩上。一来小鸟是他的宠物，他义不容辞；二来五岁的孩子正开始看图识字，又是中文又是英文又是鸟语照图讲完一个小故事什么的，不要说小鸟听着高兴半天，我们大人听着也高兴半天。

当时先生帮儿子在后园里栽种了两棵玉米，儿子便由此及彼由鸟到木推算出，如果对玉米说好话，估计玉米也会长得快、长得壮一些。

结果他着实忙了一阵子，除了照顾小鸟，还得照顾玉米，隔三岔五拿着个小水壶去给两棵玉米浇浇水，然后真诚地对着玉米说话，催促玉米：玉米玉米，赶快长呀赶快长呀。

后来这份工作儿子是越做越松垮，先是时不时把鸟笼拖到外面阳台上，希望外面树上飞来飞去欢歌笑语的鸟儿们，可以和我们的小鹦鹉搭个话茬套个近乎什么的，后来他就从怠工到干脆甩耙子不干了。

再过了几年，弟弟长大了，大儿子有一天忽然想起还有和小鸟说话，逗小鸟开心的事，灵机一动，就把这份工作整个承包给弟弟了。

弟弟当时斗大字不识几个，但特别爱逞能，号称会算术，1+1愣给我们在纸上画出个答案是11，比当年张铁生交白卷强过不知多少倍。他当时还处于对哥哥盲目崇拜阶段，哥哥干什么，他干什么，到动物园看老虎狮子大熊猫，给哥哥买一个绒毛大熊猫玩具，他就指着要买长得一模一样的，小一号的大熊猫玩具。认字的水平不过是说一是一道，说二是二道，说三是三道，如果让写个“万”字，保不准会给你从城东门到城西门，画出一万个道道送来。

接到哥哥布置的任务，小儿子拿着报纸杂志很快就走马上任了。有时看着他认真的小模样，觉得实在太好玩，等凑近一看，忍不住要扑哧一笑，这是哪儿跟哪儿呢，这书大头朝下端着也能读出来吗？

小鸟买回来第二年春天，就青梅竹马洞房花烛喜结

连理了。闹不清是小公鸟太缺乏经验，还是小母鸟太扭扭捏捏，或自然界本来就是如此，经常看见两个小鸟一边大声叫着，一边闹得羽毛乱飞。儿子看见了，就会一边驱赶占上风的小公鸟，一边对我们抱怨：“小鸟又打架了，小公鸟又欺负小母鸟了！”

长尾小鹦鹉早已离开我们，长眠在后院的大树根下，我想它们是不会记住儿子们童年时对它们讲的故事，对它们唱的歌，对它们说的鸟话的。

只有孩子们的妈妈，永远地记住这些日子，写在她的诗里，刻在她的心上。孩子们童年时的天真快乐，是妈妈心里的一片净土，是她疲惫时风和日丽的休憩之处。

她会站在这块心灵圣地，对她的孩子们，日日夜夜唱着永远的爱情歌曲。

理发的故事

第一次知道孩子的头不好剃是升职当上新妈妈几个月的时候。大儿子生下来时一头密密的黑发，已经快一寸长了，脸上皮肤光滑柔嫩，一根皱纹也没有。我以前读书时道听途说，形成一个印象，以为新生儿才一出世，脸上都皱得跟小老头似的，头上头发还没长出来。数完了手指，数完了脚趾问护士见过新生儿这么长头发吗？护士见多识广告诉我见得太多了，我才完全放下心来。

三个月天昏地暗忙下来，稍一消停，发现这孩子头发太长了，需要理发了。可是哪里有理这么小婴儿头发的地方呀！以前从来没想起问这个问题，不过转念一想，头发有什么难理的，不就是剃光头吗，我可以自己办。

怕孩子醒着时理发会动来动去闹不好碰到哪里，所以就等到他晚上睡觉之后开始。他躺在我们大床的棉床单上，我胆战心惊、如履薄冰一点一点给他剃着小光头，速度慢得可以和蜗牛媲美了。

还没有理完，正一床单碎发呢，小家伙醒了，哇哇哭着要喝奶，这叫一个狼狈。等折腾完喂奶然后再继续剃完小光头，我基本上已经散了架子。再看一眼满床又满地由于来回跑动散落一家的碎头发，我知道这是我这辈子第一次也是最后一次自己动手给孩子理发了。

后来先生给孩子理过几次发，实际上他也不会理发，所以也就是拿着推子给推出一个小光头。孩子们小的时候，不介意发型，又正当夏天炎热期间，所以每次小光头剃出来一家子都看着高兴。不过我们吸取了第一次的教训，再没有傻乎乎把孩子放在床上理发了，立着竖着像傀儡似的，怎么也得离床八丈远。

后来他们理发大多是哥儿俩跟着先生三人一起去理发店，三下五除二一次一锅端全解决了完事。

一个初夏的傍晚，先生不在家，我带着兄弟俩去附近的一个新理发店理发。我忘了对理发员交代孩子们喜欢什么样的发型，结果两人坐上理发椅不一会儿，还没等我反应过来站起来准备干涉，两个孩子在两个不同理发师飞快的剪刀推子下，个个被理出个通圈超短的美国大兵头。

看到镜子里的新发型，两个孩子失望极了，他们一定想到了上学会被同学哄笑的尴尬状况。老大还算忍住了，老二的眼泪在眼圈里直转，又要憋着想当好男儿眼泪不轻弹，偷偷趁人不注意背过身去又擦干了。

我这次之后就被孩子们彻底炒鱿鱼，丢了带他们去理发的工作了，孩子们也果然被彼此的同学们狠狠调侃了一顿。记得游泳队的孩子们对老大说，有你这样为了出成绩剪出这么一个头的嘛！减重量也没有这么减的呀，闹得他哭笑不得。

之后的几周里，常常是看着他们的发型，觉得实在是太“出类拔萃”了，闹得我都想调侃几句，又想想算了别惹

麻烦了，还是调侃自己吧。当年在清华看《神探亨特》看得上了瘾，跑去发廊做了一个电视剧中女警探的“爆炸头”，这一头的卷发呀，每天梳头都极难梳顺，把头发揪下一把一把的让我心疼。

还有一次冬假回家前，想着要去参加姐姐的婚宴，决定到清华学校旁五道口的一家发廊把头发末梢的烫发剪掉，恢复我一头直发的通常发型。

这下好了。不知当天实在是因为客人少，理发师想在我身上打发时间呢，还是他真想用我的头发实现一个新创作呢，还是他喜欢上我了，就想找个事儿和我待在一起聊天儿侃大山。总之我的头发被越剪越短。这个年龄比我大不了多少的理发师足足花了差不多两个小时的时间，到底给我整出一个男孩子头来，甚至还给我修鬓角。我才发现我面颊两边的头发剪一剪，修一修，还真像男孩子的大鬓角。

想起来那份尴尬劲儿哟，脑袋在人家手上，眼前除了剪刀，还有推刀剃须刀，我能干什么呀？总不能爬起来，顶着一个阴阳头，撒腿出门，骑上自行车就跑吧。这缺德爱胡闹的大男孩子先把我吓完后，我又带着他给我的男孩儿发式回到合肥，把全家人吓一跳，然后再把所有参加姐姐婚宴的人吓一跳。还好那不是美国大兵头，至少大部分发梢都是冲着脚底板儿的方向。

夏天过了一半时，我儿子们的头发终于长得够一个正常发型了，这次我只管交钱，让他们自己去理发店。他们也不糊里糊涂坐上椅子不知道理发所云术语，胡乱瞎答了，他们之前已经问清楚怎样用理发术语，正确告诉理发师自己喜欢要的发型。

正所谓吃一堑，长一智吧。

其实聪明和愚笨的人，都犯过大大小小的错误，区别是前者不犯同样的错误。

理发推子　孙宇明摄影

第四辑　记 人 叙 事

看纽约新年夜的大苹果

来美国上学，飞机落脚的第一站就是纽约。出了肯尼迪国际机场海关，暂时寄居在我高中同学的宿舍几天，随着他漫步哥伦比亚校园，乘电梯上帝国大厦，坐地铁去中国城观光，看熙熙攘攘的人流在宽阔的商业大街穿梭不断。

一下子就深深喜欢上这个城市，不仅仅是因为同学不多几年已认定这里是家的情绪感染了我，也不仅仅是因为这是我来美国见到的第一个城市。纽约散发着一种旺盛的活力，弥漫着机会和希望的气味，这正好符合我当时的心情和预期。

因为这份喜欢，之后的20多年，不知去纽约多少次。

从马里兰的家开车去纽约城是四个来小时的路程，所以有一个周末就可以带全家一起开过去，去曼哈顿从南到北，怎么也转不够。第五大道的帝国大厦，纽约公共图书馆，洛克菲勒中心，圣帕特里克教堂以及中央公园等，再加上许多著名的品牌商店，每一处都让人流连忘返。

坐船去爱丽丝岛参观移民博物馆，瞻仰高达150英尺造型宏伟的自由女神像，或往北去观看气势磅礴的尼亚加拉大瀑布，游览湖水碧蓝的美东千岛湖，回家前，我们一定是在纽约城停一下，感受一下纽约的味道，重温一下纽约的记忆。

每年辞旧迎新的时刻，我们全家人喜欢坐在家里的电视前，看纽约时报广场新年庆祝活动转播。水晶球大苹果开始降落时，我们和孩子一起，和电视机里的嘉宾、主持，以及上百万兴奋的现场观众一起，十，九，八，七……大声倒计时数着数，送走旧年，迎来新年。

一直想去纽约时报广场现场，与万人汇聚一地，看大苹果降落，共度不眠之夜。但孩子们小的时候，怕气候冷现场人多杂乱，怎么也下不了决心。每年一过完感恩节心里痒痒的就想计划去纽约，可是每年都是这之后天气一天比一天冷，我总是瞻前顾后最后放弃计划，还是窝在家里，看着电视上的水晶球。

大儿子将要离家上大学的前一年，我知道再等也许以后很少有全家人元旦聚在一起的机会了，去纽约现场看新年大苹果的愿望怎么着也得实现。于是早早开始上网查询离时报广场近的旅店，准备先预订下，让自己只能前进不能后退。

一查旅店价钱，再次体会供求关系决定价格高低的经济准则。想住以往感觉不错的价钱200美元左右一晚上的旅店，估计得跑到城外去才能找到。好一些的贴着广场近一些的旅店，不说价钱两三倍翻上去，而且是人满为患，很多已经告罄难求。花了600美元一晚上的钱订了坐落在50多街的一个旅店后，马上想到赶紧把对新年的美好祝愿，通过纽约新年活动的一个网站传送过去。

新年第一秒,成吨的彩色纸条从天而降,我们没准儿能在广场,找到印着我新年祝愿的彩纸呢。

旧年最后一天,全家早早起来,一路还算顺利来到旅店。旅店已是新年热闹的气氛,车子排着长队,等旅店伙计帮助停放去高楼停车位,我们居然等了大半个钟头,才得以和我们的座驾说拜拜。

从广场活动时间表来看,正式一些的活动,比如说把水晶球点亮升上旗杆顶端,是下午 6 点钟开始,各种表演 7 点钟开始等,但广场"领结处",就是从 42 街到 47 街南北向,百老汇和 7 街东西向区间,从下午 3 点钟就开始封街。我不放心,又和旅店前台的咨询台问了一下,服务生肯定地说,从旅店到广场,十分钟不到的走路行程,下午 5 点钟进去一定没问题。

想着有足够的时间,于是我们悠悠达达出去吃午饭,然后往北散步几个街区,走到中央公园去看人看风景。

中央公园像往常一样不多不少的人,马车拖着观光者嘀嗒嘀嗒不紧不慢;一个勇敢的新娘在大冷的冬天穿着薄薄的洁白婚纱,摆着各种造型,与新郎一起拍结婚照;一个耍把式的年轻人,用两根长棍和拴在上面的一些粗绳子,从一桶肥皂水里挑起来,慢慢移动打开,很有技巧地展开一幅横跨宽街的彩色大气泡。

走进另一群围观的人群站了一会儿,发现一个黑人杂技员和几个伙伴,正在表演助跑弹跳翻跟头越过人墙的节目。节目水平低劣之极,一无看处。节目差还不说,居然进行一半,还打劫似的围堵观众,强行收费。唉,中央公园，园子大了，什么鸟都来了。

在外面走路明显感到冬天天气的冷峻。从中央公园回到旅店，每人再全部加上一层防寒衣服之后，我们不到5点开始往东南方时报广场的方向走去。

向东走了一条街上了南北向的八街，想着往南走才对。结果满满一街的人，被像蚂蚁一样赶着朝着反方向北边流动，明显是因为时报广场中央地段的街区已经有足够数量的游客，警察按序一片一片拓展开来，往北疏散多余的人流。本来以为大苹果掉下来之前冻七小时差不多了吧，结果我们姗姗5点钟过来，敢情是太晚了。

随着人流我们往北走到57街，才看见有警察把守让人进去的关口。结果又是一阵混乱，一些背大包的人，这才发现背包不让进。有些人后退出来，有些人开始把背包东西往口袋里转移，忍痛丢掉背包，才得以跨过关口。

从57街往东走很快接到百老汇街，折转往南走没一会儿，就发现走不动了。警察开始设置栅栏，限制往南一个街区的人数。这样前面的人被栅栏挡住，没法往前走，后面还有无穷的人不停地涌上来，不停地焦急地往前挤。

一开始人与人彼此之间还有一定的空间，不同组，不同家庭，不同的语言在急切地交流着。纽约真是一个奇特的地方，我在想，从不同的语调和面部形象来推测，我周围的人群似乎都是从不同国家不同语种的地方涌来的游客。

时间开始过得非常慢。从街道两边巨大的银幕屏上，我们可以看见时报广场的一些节目已经开始。尽管

人与人距离比较近，可以借助一些热量，但是天黑下来，纽约寒冬的威力，仍然让全副武装的我们冷得瑟瑟的。

警察开始把栅栏打开一个缝，让人一个一个过去，接受电棒检测后放行到前面的街区。这是整个晚上我们最艰难的时间。后面的人看见队伍往前移动，更加往前挤，然而前面的警察放行游人通过的速度像蜗牛一样慢，根本无法应付后面挤压的速度。

我有许多时间被挤得两脚根本无法着地，连呼吸都有些困难。还担心小儿子挡不住这种挤压，大声呼喊先生和大儿子去保护他。挤到最后，我和先生和儿子们完全被冲散。进退两难，我只能祈祷，希望前面栅栏千万别被挤倒，当时太清楚知道，假如栅栏被挤倒，周围的所有人都会命运未卜。

这样煎熬了半个多小时，终于被挤到最前面，然后通过电棒扫描，通过栅栏缝隙，终于进入了一个开阔的街区。每个通过的人都激动得又蹦又跳。我陆陆续续找到了先生和儿子们，大家围在一起也是欢蹦乱跳，一种解放了的感觉。回头看还在拥挤想过来的人，怎么也不明白，为什么后面的人那么着急往前拼命挤，如果慢慢地排着队不也是一样会依序过来这边街区吗？

我们高兴地往前跑，没跑几个街口就发现被彻底地限制住了。前面每个被栅栏分开的街区，都有一定的人数，不是太拥挤，但警察只让人出不让人进。直升机在天空不断盘旋飞翔，街上的大屏幕有时播放飞机拍摄的地面情况。我们可以看见后面的街区已经开始排满人，浩浩荡荡一直排到中央公园的地方。

从我们被限制住的街区，伸长脖子，透过高楼大厦，才可以看见一点点立在旗杆顶端的水晶球大苹果。时报广场的节目表演舞台，我们连影子也看不见。看见的是立在街角的大屏幕，演员在上面载歌载舞；看见的是满眼的游客，为庆祝，更为了抵抗寒冷，在街上又蹦又跳。

冷是一个因素，饿又是另一因素。因为不准带包裹，我们守纪律没有带包裹也几乎没有带任何填肚子的食物。偶尔看到街边的餐馆动一下念头又打退堂鼓，因为一旦走出栅栏就不准进来，在栅栏里至少还有希望被往前再放行几个街口。

坚持到晚上 9 点多钟，我们已经快被冻成冰棍。想想还有两个多小时大苹果才会掉下来，掉下来时不定被眼前高楼哪个犄角旮旯一挡住，我们没准会什么也看不着。经过挤得半死，冻得半死，饿得半死之后，饥寒交迫下，我们终于缴械投降。算了，还是离开战壕，撤回餐馆，撤回旅店去。

纽约新年的大街灯火通明，到处是人，到处是小贩卖羊肉串卖牛肉串的小车，有一点儿像出国前在北京大栅栏的感觉。各种肤色各种口音的人们你拥我挤，又感觉就像全世界的人都到这儿赶集来了。

吃了个半饱被一家意大利餐馆狠狠宰了一顿后回到旅店，我们像往年一样，坐在电视前，和时报广场现场的百万观众一起，大声数着数，十，九，八，七……庆祝新年来临，告别令人难忘的昨天旧年。

总算是完成了我的夙愿，我这样对自己说，这辈子我再也不用感恩节一过完，就心里痒痒的想着计划去纽约，想着去看新年夜的大苹果了。

本来世上许多事情许多愿望，只要你努力地尝试过，只要你诚心地坚持过，就会无悔，就会解脱。

纽约新年夜　路人摄影

看电影

在国内上大学前，我几乎没有看过几部电影。《小兵张嘎》《地道战》《闪闪的红星》数起来一个人的手指头似乎就够了。

记得最清楚的是妈妈单位发电影票，我们一起去看卓别林的黑白无声电影。我被卓别林的大头鞋、小胡子，他神经质的滑稽动作表演，逗得止不住大笑。笑得前仰后合，笑到肚子疼，还被妈妈责备了几句，说我笑疯了，笑声快把她耳朵震坏了。

不过说句公平话，没有很多电影看的童年少年日子，过得一点儿也不贫乏，仍然有很多书可以读，很多舞台表演可以观看。精神生活的丰富从来不是完全取决于物质生活的水平，小孩子们在一起跳皮筋捉迷藏，最简单的你来我往，最平凡的集体活动，因为人本身的丰富，也是一样的娱乐，一样的让人不亦乐乎。

在清华读书的80年代，正是国内文化界百花齐放的新时代开始。国内一批题材广泛的电影开始问世，许多国外电影被译制或容许重新发行。我在学校上学做功课之余，抽空一边玩些文学创作，一边学写文学和电影评论。好在清华大学庙还不算太小，我扛着电影评论人的招牌，也混着与大明星们见过几次面，开座谈会，谈拍片

经历拍片感想之类。结果文章没出几篇,上市电影倒是全部看完。

有一段时间,清华二教教室每个周末放外国电影。我每周必去,囫囵吞枣,从头看到尾,由此欣赏了大批欧美尤其是美国的电影,知道了大批著名的好莱坞明星。当时最喜欢的演员是保罗·纽曼和哈里森·福特。史泰龙的《第一滴血》电影够刺激,看着也喜欢,但不知为什么对主角演员一直不是太感冒。

来到美国后稍一安顿妥当,就开始大量从图书馆免费借电影录像带看,自己号称是填补文化空白。先是把在国内读过小说,有印象,或听说过的经典电影横扫一遍:《音乐之声》《窈窕淑女》《乱世佳人》《金色池塘》《出埃及记》《教父》,然后就追着新电影看,从最初的人鬼情未了、漂亮女人,独自在家开始,历经20多年,600多部好莱坞电影,一路看过来。

对我,看电影是一种极大的享受。一两个小时的时间,完全沉浸在电影创造的世界里,为主人公的担心而担心,为主人公的高兴而高兴。电影艺术是如此神奇,将我们深深地吸引进童话世界,世外桃源,古时疆场,外空星际。美丽的风景让人陶醉,跌宕的情节让人凝神;爱情让人升华,丑恶让人明目,英雄让人崇拜,智者让人折服。大部分电影看完后,都是一分娱乐,一分收获。

一次看哈里森·福特1995年翻版重拍奥黛丽·赫本、亨利·鲍德嘉、威廉·荷顿1954年的《萨布丽娜》(*Sabrina*),看到富家主人风流弟弟先前看不上眼的司机女儿，从巴黎回来后艳惊四座，哈里森·福特扮演的角色，那个铁石心肠冷静无比的哥哥发现自己已经爱上女孩时，我看着看着觉得怎么情节人物似曾相识。等一腔热血看完电影，翻开我每次随手记下的看电影名字和日期，这才发现大约十年前电影新发行时，我居然已经在那时看过一遍这部电影。想当时一定也是一样的感动，一样看得满腔热血。

最初没有孩子时，我们经常去电影院看电影。有了孩子后，电影院去的次数少之又少，去看也是随孩子的意，看儿童故事，看动画片。心里巴巴地等着孩子长大，可以一家人一起去电影院看正儿八经的大片子。结果望穿秋水总算等他们长到足够年龄，可以和他们一起读《饥饿游戏》的小说，一起去电影院看完《饥饿游戏》电影之后，孩子们却总是和他们的同学朋友约着一起去看电影，我们又渐渐回到从前的两人世界。

但至少在他们离开家上学之前，在许多节日假日的晚上，我们全家人围坐家庭影院的电视机前，从最初的天真儿童片《玩具故事》《海底总动员》，到后来各部超人英雄打斗片或科幻片、喜剧片、史诗片，一家四口一起观看。电影是我们的共同兴趣共同话题，我们吃着爆米花，度过多少美好的家庭时光。

知道儿子们终将离开家庭，在外面开拓他们自己的天地，但感谢电影给了我们无数曾经拥有的共同时光。这些共同时光是我的最佳电影，我会一遍遍重放，一遍遍欣赏，流连忘返。

一年有几个固定的电视节目，我们一定尽量全家观看。除了体育盛会橄榄球超级碗和棒球世界系列冠军赛外，就是我喜爱的音乐奖、电视节目奖和电影颁奖典礼。每年从1月、2月，有时到3月，电视上从电视金球奖，到音乐格莱美奖，到奥斯卡电影奖，再加上橄榄球超级碗比赛，周日的晚上，经常是好戏纷呈让人激动不已。

我喜欢看颁奖典礼，是因为喜欢电影，喜欢音乐，喜欢看热爱的歌唱家和演员、导演、特技大师们，在为我们创作奉献一份又一份绝佳作品后，获得属于他们的荣誉和喝彩。

多年前看完《楚门的世界》(*The Truman Show*)电影后，浮想联翩。楚门无知无觉地在一部真人戏里生活着，无知无觉地给所有人观看着。我们看电影，是否我们本身也是在电影里？

难道人生不就是一个大舞台一个大秀场吗？我们都在不知不觉中演出生活，成为自己或别人的故事。和楚门不同的是，我们有些人，可以选择而且实际上做到，成为自己的导演。

我所有的努力所有的经营，我随着年龄阅历的增长，丰富着成熟着，难道不就是为了可以驾驭人生，可以成为自己电影的导演吗？

缅因州小岛的静水静木

先生经朋友推荐，要去缅因州的一个小岛鹿儿岛(Deer Isle)去教几天中国书法。我们查了一些地图资料，资料不多，但都是说小岛风景秀丽，从小岛开车不远就可以到达著名的阿卡迪亚(Acadia)国家公园去游览。教课的一周，还正赶上缅因州罗克兰市(Rockland)一年一度盛大的龙虾节。

于是我们托朋友再托岛上的熟人帮我们租下了一个好的小屋，就从马里兰的家里一路往北开车过去了。

穿过绿色优雅的悬浮大桥从陆地开上小岛的时候，感觉小岛就和在天上一样，安详而神秘。等到开过安静的车道，安静的林区来到我们临水的小屋时，眼前的景物让人恍惚，我们似乎走进一幅画家迷人的作品里。

小屋就盖在离海湾水面几步远的岸上，一个不大的船坞从岸边向水中伸去，小甲板上可以看见一些散落着的捕龙虾网架。几十条白色、红色、蓝色的小渔船泊在海湾里，海水清澈而且极其平静，你可以看见每条船在水中的倒影。

天出奇的蓝，云出奇的白，对面岸上许多别致的小房子，或掩在林中，或立于岸边，参差不齐，点缀着又一道风景线。

我们小屋有一面大大的落地玻璃窗，正对着水面，从这个落地窗往外看，感觉像在看镶在边框的一幅水墨画。屋外有一个漆成红色的小木阳台，走到阳台上往四周看，又感觉像在看一个宽银幕电影画面。

破晓的时候，可以听见动静，知道是渔民们开着他们的小船去海里，照看他们下到水里的龙虾网。但很快一切又变得很安静起来，整个小岛与外面纷扰吵闹的世界完全分隔开，有着一种完全不同的清灵的空气，一派完全不同的安静平和的气氛。

翻看桌上介绍小岛的小册子，了解到一些小岛的历史。欧洲人 1755 年第一次来到小岛，到了 1975 年，大约有 100 家住在这儿。来的人起初是农民，但渐渐都变成了渔民或水手。

岛上人捕龙虾是从美国内战的时期开始的。捕龙虾实际上是挺艰苦有时也很危险的工作。大部分渔民开着自己的一个小船，早早出发到海里去，整整一天，只有天空和大海与他们相伴。这里的海域，大部分时候是安静平和的，但海上的气候变幻无常，有时从海上返回陆地的航程由于突然的恶劣环境，会变得险象环生。

到了 1969 年，岛上采石场采出的花岗岩石头已经被用于许多美国著名的建筑。

连接小岛和陆地的大桥是 1939 年建成的，这之后，岛上的风景开始吸引一些旅游者。但来的更多的是各种艺术家，他们来了之后爱上这儿的风光，纷纷留下来成了岛上的居民，等我们去岛上短暂逗留时，岛上大约有上千的常住居民。

在岛上的一周，我们白天出去散步时，不时可以看见一个又一个画家，坐在野外画风景。开车慢慢在岛上兜风时，不时可以看见一个又一个画廊和艺术家工作室。可以看见一些创意奇特的雕塑散布在田野上屋檐下，给本来已美如仙境的小岛，再添加一份艺术的新意。

来上先生书法课的人中，就有几个艺术家，有画水彩画的，有做雕塑陶器的，还有一位是诗人，他们有些人常年住在岛上，有些人夏天在岛上住，感染一些仙气，其他时候又到其他的地方去住。

我们后来去学书法的诗人玛丽亚家喝了一次下午茶。她是诗人，又是一个环境保护主义者，还是一个历史学家。去她家的所见使我对这个小岛的魅力有了进一步的认识。

玛丽亚的房子是一个高大的两层全木楼房，坐落在一片高高的树林之间，非常隐蔽，房子几乎有一整面墙都是落地长窗，可以从家里一目了然地看见外面安静的森林。从她的家出发，有一条羊肠小道，一直通向一个区域中的最高处。玛丽亚在那儿盖了一个小木亭子，配着木椅扶栏，让人可以在林中小憩，同时更可以置身森林其中，更贴近自然。

再往远走，就走到了她买下拥有的几百亩地的森林海滩地段。

我们和孩子们在她的海滩岩石缝的水中，找到色彩鲜艳的海星，找到吐着泡泡的螃蟹，但最后我们把它们又

都重新放回水中，不想破坏那里的一草一木。

在那儿，一切都是原始古朴的，一切都是自然和谐的。水很安静，树林也很安静，有时偶尔有两声不知名的鸟儿的叫声，从远方传来。

玛丽亚说她希望永远拥有这块土地，永远保留这片山水，她会让自然界在这儿当真正的主人。

玛丽亚的诗，大多写的是关于农场、海滩、森林、飞鸟之类的题材，写得很空灵很优美。我们看过许多那儿艺术家的画，大多也是关于同样的题材，同样美丽而平和。

不知道是岛上的静水静木，造就了他们的艺术，还是他们的努力，他们的存在，维护了岛上的静水静木。

每每坐下来拿起笔想写些什么的时候，我渴望一段安静的时间一份安静的心情，我便会每每向往，希望身处于缅因州小岛那样的静水静木之中。

出差见闻

在美国工作20多年了，算起来我被各个不同公司派出去开会、培训、交涉业务的机会串起来也算不少。大部分出差很平凡，公事公办，办完事回家没有照片也记不住事由。但有些还蛮有意思的，当时新鲜劲儿过完后，现在和同事朋友聊天谈起来，还觉得津津乐道。

有一次我被所在公司送去得克萨斯州达拉斯(Dallas)市培训一周，因为我们公司管理用户要求系统的管理人员安妮决定跳槽到另一家公司，公司希望我能学习一周，回来接手安妮的工作。

在这之前从来没有去过得克萨斯州，所以我自然是旅行加上课，一个不漏全部顺序进行。跑到市中心的最高旋转餐厅一边吃饭一边看风景，参观纪念肯尼迪总统被谋杀事件的"第六层博物馆"，逛西部牛仔服饰店买牛仔帽牛仔皮带，当然忘不了跑去得州著名的赛马场赌手运，居然还小赢一把。

从得州赛马场是仓皇逃出来的。

我是赛马场的新生，所以进场没多久，我找着一个看着对赛马熟门熟路的中老年男子请教经验。这位男士看起来是典型的美国"红脖子"(Red Neck)，穿着一身的牛仔衣裤，大头鞋，一口浓重的得州口音。我能赢钱自然是

靠他这个高人指点，但后来他看出我人生地不熟，开始有些过分热情，看天色已很晚了，我钱也不想赚了，也不敢赚了，赶紧打道回府。

从来就是越怕越出事，那时候汽车还没有全球定位系统，我只靠一张地图从教室在天亮时直接开到赛马场，晚上天黑回去又急又不认识路，从跑马场错综复杂的出口一出去，我顿时就找不着北了。开了一段，越开地方越荒，越开越前不着村后不着店，别说找不着人问，就是有一两辆车停下来，估计我也不敢问。不知道打了多少 U 转头，最后干脆就找光线强的地方开，希望一是开到加油站可以问人，二是油箱也快给我跑空了，再跑我就只好打 911 呼叫警察帮忙了。

冥冥中也算老天帮忙，在午夜之后不久，没劳驾警察也没停到加油站问人或加油，我居然在汽车油灯亮了半天的情况，跌跌撞撞开回我住的旅馆。

蒙头睡一觉，第二天早晨准时上教室我又是好学生一个，课堂上积极举手提问，积极举手回答。

回到公司和安妮说起这事，没想到她说我简直是一个傻瓜，我应该直接逃课，这样赶白天的赛马活动，省得晚上女孩子一个人单身出去危险。她告诉我公司送她去科罗拉多培训同样内容时，一星期的课她在教室里大概待了两天，其余时间她全跑去滑雪了。

“不去白不去”，安妮这样教育我。这个从欧洲移民过来的泼辣女孩子，保守这么个小秘密，把我们全蒙在鼓里，最后临走时才高高兴兴地向我们泄露出来，让我哭笑不得。这才回想起确实记得她在培训完之后，自己着实花了不少精力啃这块系统骨头，吭哧吭哧费了挺多麻烦但最终还是聪明人，把系统管得有鼻子有眼。由于她的这种努力和成果，特别得老板赏识，还被当好事全公司表扬过。哎呀，我要是当时逃课，白天去赛马场，学不好回来加班自学，没准也会上光荣榜。

到美国农业部科学研究所上班，帮助建立数据库，周围一圈全是资深农业专家，所谈所知，和我以前所学专业所做事业全不沾边儿，也许因为这种原因，出差反倒更有意思，因为似乎每次都能看见什么我从来没见过的新鲜事儿。

上班一个月就去爱荷华州艾姆斯市农科院参观。这是美国农业部 20 多个种质资源库中颇具规模的一家。我蒙头蒙脑跨进美国农业行业，有点儿刘姥姥进大观园的感觉，当同事问我知道玉米有多少种类时，我想想看见过的白玉米、黄玉米、黄白相间的玉米，还有带红玉米粒的玉米，便一咬牙狮子大开口说 30 多种吧，结果被告知世界上有四五万种有不同基因区别的玉米种类，我听着像天方夜谭，但一走进艾姆斯的冰柜储藏室里，冻得瑟瑟地一架子一架子看数不清的上万种装着不同玉米粒的大玻璃瓶子，又禁不住承认，这世界真是无奇不有。

同事送了我两株红色的小玉米，整个玉米只有大草莓一般大，形状也像草莓，圆圆的，玉米粒特别小，紧紧地挤在一起，同事告诉我这种玉米的名字，还有其他各种长得很奇特的玉米的学名普通名，待我回家学舌时，一个名

字也叫不上来。给家里来客欣赏我的这个玉米收藏，就只好自己起名叫它“草莓玉米”。

我是和同事格姆一起出差去艾姆斯的，他已经在我们单位工作了十几二十年，来艾姆斯很多次了，所以知道哪里有好餐馆哪里有好旅馆。当我们一起去当地一个据说最著名的餐馆吃晚饭，进去往餐馆前厅排着的队尾一站，就发现不对劲儿，感觉所有人都有意无意地奇怪地看着我们俩人，看着我都觉得奇怪。

格姆看出我的疑问，捂着嘴对我耳朵说：“你可以到整个餐馆数一数，看有几个亚洲人。”我大概就知道怎么回事了。装模作样各处溜达一圈回来报告，整个餐馆就看见我一个亚洲人。

来美国后在东海岸城市上学，在东海岸城市工作，习惯了人口组成混杂的普遍现象，每天都可以看见各种肤色、各个国度的人。美国中西部我之前去是去过，但都是去旅游，游客来自世界各地，所以我还从来没有意识到中西部许多农业区域，仍然是如过去一般，一色儿全是白人。

当我和格姆有说有笑，大摇大摆进了艾姆斯这个中西部城市的餐馆吃饭，格姆说他们有人没准一辈子没有真正这么近看见过一个亚洲人。我想有些人没准还估计我们是一对中外夫妇，所以眼光里透露出很奇怪很复杂的意思。

这是一个很新奇的感觉，吃饭的工夫，我试了一两次借口站起来从餐桌去洗手间，或拿一些食品佐料，悠悠达

达地走来走去，眼睛余光可以看见大半的顾客或者偷着看我，或者干脆惊讶地张着嘴，停下进食来看我，好像我是外星人。

美国呀美国，原来还有黄皮肤中国人没有渗透到的角落。

格姆在单位出过很多的差，我们成为好朋友后，我从他那儿听到很多出差时的故事。他有一个出差故事，每次他绘声绘色说起时会把自己说得笑弯了腰，也把我说得笑到喷饭。故事是说他到墨西哥出差，回来的飞机上不知为什么一飞机人全部坏肚子拉稀，结果大家几乎全是一路站着回来的，每个人从飞机卫生间用水出来后，二话不说，直接又到排着的队尾站队，等着轮到自己可以再上卫生间。

多年以前，我参加了一次在加州圣地亚哥举行的国际农业学术探讨会，发现每次见人介绍完自己的名字后，就被另外的参会者劈头盖脸问一句：你的农作物是什么？

农作物？我连农作物长什么样子都还闹不清呢。估计做农业科学的，最后都专门研究某一种农作物，所以他们互相介绍时，自然就要介绍自己研究的农作物种类。结果他们一句问话，就把我打出谈话圈外，当然喽，如果我极力要解释数据库，软件系统，或者光电干涉仪之类的，估计也可以打蒙他们一些人，可这是人家的圈子，人家的盛会呀，我也就只能半懂不懂跟着鼓掌，学多少是多少。

同行的美国女孩罗谢尔，正在准备不久后去墨西哥

进行的三项全能体能比赛。每天早晨一大早起来，她就开始或者绕着开会区偌大的度假营地一圈一圈跑步，或者往外面避着交通大道找地方跑步。

罗谢尔性格坚毅，特别自信。一天晚上我们俩结伴去城里一家日本料理店吃晚餐，我方向感一向差，走着走着就不太清楚到底怎样走才能到达。罗谢尔拿着当时的新手机，一边学习使用手机上的卫星定位系统，一边看路牌找路，她无论如何坚决不让我去询问其他路人地址走法，自己摸索着到底把我们俩带到料理店门口。

坐下后我问罗谢尔为什么她这么固执坚决不问路，她说她家随着在部队服役的父亲轮流换到过各国各州营地驻扎过。她从小就每到一处，自己认路找地方，一辈子没问过路，全凭自己找，不论哪里该到的地方她都自己找到了。所以她特别害怕我问别人指路，连带着破了她的纪录。

发现每个人都挺有趣，都或多或少有珍视保留的什么东西。比如我一直到出国前，都保留着每场看电影的电影票根，攒了一大把，有时翻出来看看，像过电影一样，可以过一遍当时看电影的情形。不过问路方面我创造的是和罗谢尔正好相反着的纪录。一个新地方我不问人就找到，反倒挺稀奇的。

到加州戴维斯开会做报告的一次出差，对我们家的日常水果种类选择，起了不少的良好作用。

戴维斯的种质资源库，主要是水果和坚果类。会议结束后，我们照例去参观这个单位的典型产品。单位职员很好客，特地为我们准备了一个水果品尝会。等我们被大客车拉到品尝会现场，看着一排拼接一起的长桌上，摆开十几种不同的石榴，也算是大开眼界。我在这之前，从来不知道石榴还有黄皮黄粒的，石榴籽颜色从玉米粒黄色，到粉红、深红色样样齐全。

在每种石榴的前面，放着几十个纸杯子，里面是剔出来的石榴粒。我拿起一小杯，开始吃一粒吐一个籽，这是当时我唯一知道的吃石榴方式。一抬头看其他参会的人员，好些人手上已经几个叠起来的小空纸杯子。奇怪，他们怎么吐籽这么快呀。我好奇地问同事凯伦，她为什么吐石榴籽这么快？她先是奇怪地看着我，有点莫名其妙我在问什么似的，然后她看见我手心握着的吐出的石榴籽儿，一下子快笑趴了下来。

"为什么你吃石榴要吐籽呀，你应该一块儿吃掉！"她缓过劲来后告诉我。

什么，连籽儿一块儿吞到肚子里去，我肚子里长出石榴树怪谁呀？

问一圈人之后，发现居然我是唯一吃石榴吐石榴籽的人，我一时间闹不清这是中国人文明吃法和美国人囫囵吞枣吃法的区别，还是我这方面太孤陋寡闻。想到按照我的吃法，尝完这十几种石榴，大客车早就等不及开跑了，所以我平生第一次吃石榴还吃石榴籽，嘎嘣嘎嘣咬几口就吞下去，味道还挺不错。

再看戴维斯种质资源库的职员们，在桌子的另一边把各种不同的柿子，做成柿子片、柿子酱、柿子沙拉、柿子

串，每个都让一向喜欢零食的我赞叹不已，一边吃还得到许可一边拿，纳闷平时购买美国的食品杂货店，看着商店琳琅满目，怎么从来没见过这儿看到的任何一种柿子。

之后我们坐在慢慢行驶的大卡车上，游览上百亩的种植实验场地，看着巨大的机器伸出两个金属杠杆夹住大树干使劲一顿晃动，树上的山核桃纷纷落地，我们从地上捡起掉落的大山核桃现砸开现吃。

看见几百种不同样的葡萄树，看见橄榄树一树果实，我从橄榄树上摘新鲜橄榄下来，不听橄榄专家的警告一口咬下去，苦涩得快找不着自己的舌头……

着实感慨这个世界，有着太多美妙的东西，植物、动物、海洋、天空，只要你有一颗感兴趣的心，你就可以发现无穷的新奇，你就可以享受无穷的乐趣。

入乡随俗凑份子

在中国我一路上学，成年后来美国前一直在清华校园里，吃食堂饭住集体宿舍，象牙塔一样的生活，对请客送礼结婚生子红白喜事等传统习俗没有太多的切身体会。记得上研究生时，很多同学陆续结婚，程序很简单，几笔就写完了。大家先是骑着自行车到五道口照相馆照一张两寸黑白照片，然后再骑着自行车到清华照澜院凭学生证领出一个结婚证。再买一堆糖果塞在小红包里发给同学老师，然后回家爸爸妈妈张罗办一下酒席。

当然可以从书中读到，从电影上看到，从家里老人亲戚朋友谈话中了解到许多中国的习俗。好在全世界哪儿的人都庆祝婚姻庆祝新生儿庆祝孩子的成长，我们既然生活在美国的土地上，自然就和美国人一起经历入乡随俗凑份子的故事。

孩子们小的时候每年的生日庆祝是不大不小的事。从幼儿园班同学开始，以后顺着到小学班，到中学班，到邻居朋友的孩子，发请帖订蛋糕选择游艺活动庆祝场所。有时庆祝选在自己家，大人小孩一起招待，有时在儿童乐园孩子疯玩大人闲聊，有时去保龄球场馆，有时去迷你高尔夫球场。孩子们先是玩得高高兴兴，然后生日歌唱得此起彼落，最后再稀里哗啦拆开小朋友送的堆成小山的

礼物。

每家孩子家长都变着法儿给孩子办精彩的生日庆祝活动，请魔术师，邀小乐队，搭小房子，架高蹦床。彼此之间礼尚往来友情支持，哪个孩子都不能冷落，谁家的生日活动都得参加。结果有时两家生日活动没有协调好抢好日子，结果在同一天相差不多的时间举办开来，可怜我们家长只好拖着孩子先去一个活动，生日歌声还没落下就赶紧继续拖着孩子到另一家活动赶场送礼，怪有大明星走穴忙得转不过轴儿的劲。

其实真正花费时间花费精力花费金钱的庆祝活动，是成年人之间举办的活动。

准妈妈快要生孩子前，普遍会有好友或单位帮着办一个“婴儿送礼会”，大家凑份子送钱或各自买礼物，选一个时间聚起来坐下来给准妈妈送礼品和祝福。

我在美国参加的第一个“婴儿送礼会”是在第一份工作的单位。公司职员戴安娜第一个孩子八岁的时候，她和先生千辛万苦，总算怀上了第二个孩子。她是我们公司的前台接待员，怀上第二个孩子后，她每天高兴地银铃唱歌一样接待人，脸上总是挂着花一样的笑容，让人一进单位门就感到幸福。

戴安娜的老板琳达私下悄悄地和我们所有女职员发消息，约定一个时间去琳达家办“婴儿送礼会”。结果戴安娜早产一个多月，我们活动还没举行她先进医院把女儿生了下来，闹得我们的活动时间与常规计划顺序前后倒了一个个儿。

戴安娜生产一周多后的一个周六，是我们原本计划给她办“婴儿送礼会”的日子。美国人没有坐月子的习惯，后来见得多了，一周多后新妈妈挎着小花篮把新生儿带到单位，带到朋友处到处显摆是稀松平常的事，但当时知道“婴儿送礼会”继续按原计划原时间在琳达家举办，戴安娜也会到场的消息时，我还是大大地惊讶了一回。

带着包装好的礼物开车去琳达家，远远地就看见琳达家拴在信箱上几个飘起的粉红色气球。琳达家的房子有一圈阳台，阳台上木桩之间，琳达已经挂上了一圈儿道粉红色调的婴儿装饰纸带，整个房子看上去顿时有了一种育婴室的温馨。

琳达在厨房里准备了许多精美的小吃，我们拿着盘子端着饮料和戴安娜见面问候后，便一起聚坐在客厅里，听戴安娜讲她提早生产孩子的细节，讲孩子现在的状况。孩子还太小太弱，所以戴安娜一直抱歉说没有带孩子过来。然后就是戴安娜坐在太师椅上，在我们所有女朋友们的众星捧月下，一个一个拆我们送给她的礼物。

每拆一个礼物，都会掀起一阵赞叹的哗声。大部分礼物都是送给新生儿的，小连衣裙，小红皮鞋，小装饰皮包，小公主帽子，可爱至极。戴安娜又是极会表现极其感恩的人，她对每件礼物都是爱不释手，大加赞扬，对每一张贺卡上的贺词都大声读完后赞叹不已，然后再对送礼送卡的每个人甜言蜜语感谢不尽。整个屋子欢声笑语，气氛温暖又和谐。

我是在我的第一个工作单位工作期间生下大儿子

的，女朋友们之前背着我悄悄组织“婴儿送礼会”。结果送礼会那天，感觉身体不太舒服，我中午休息后，临时决定不返回公司继续上班。她们蛋糕也买了，凑份子钱也收集齐了，东西也准备好了，在单位开起“婴儿送礼会”时却到处找不到我，这才叫一个大的惊奇了。

第二天回去我看着吃剩的蛋糕，听她们懊丧地讲着事情的前因后果，自己又是感动又是懊丧。

这里的女孩结婚前，经常会由亲朋好友办一个“新娘送礼会”。我参加的几次，新娘们之前都已经在网上注册了她想要的物品清单，我们只要从清单上选一两件买下来，同时在清单物品旁匿名标注已经购买，这样保证大家不会购买一模一样重复物品的尴尬状态。

从来没有参加过请“猛男”来助兴的“新娘送礼会”，得到的印象，还是从当雪莉组织我们一帮女朋友给佩蒂办“新娘送礼会”时，雪莉复制了好几张她自己结婚前女友给办的新娘送礼会时的照片，准备让佩蒂带回去吓唬她的准新郎。

雪莉很泼辣很时尚，可以想象年轻时一定是大胆不羁的女孩，难怪她的女友给她的新娘送礼会花钱请一个猛男来消遣。从照片看，在她们疯狂尖叫的女朋友前面，又跳舞又搂抱，又贴着雪莉假模假样真像那么回事的年轻棒小伙，只穿着窄窄的一条布带挡住关键部位，全身迷人的肌肉、健康的小麦色皮肤，简直让人浮想联翩。

不过雪莉告诉我们，一帮女孩子喝酒疯玩高兴了一晚上，猛男坚守职业道德从来没有动真格的。他实际上

是一个在校大学生，上学之余兼职出来跑跑场赚一些外快，但他形象好又很会带动气氛，表演起来非常尽职卖力，所以在新娘送礼会市场上自然是一个香饽饽。

在雪莉家给佩蒂办的新娘送礼会就低调多了，没有一位男士，雪莉的先生笑嘻嘻和我们见过面后，就被雪莉打发出去带孩子到电影院消遣时间去了。

吃完简单的晚饭后，我们花了挺长的时间，给佩蒂的结婚晚宴客人准备小礼物。佩蒂已经预订了很多特制的小纸盒，上面烫金印着新郎新娘的名字和缔结连理的大喜日期。我们的任务就是每人把各种精装糖果放进小盒子里，然后在盒子半腰处扎上一条漂亮的小小丝质绢带。

拆完礼物喝酒猜谜语的时候，才知道为什么这样的新娘送礼会一个男士也不让参加。谜语问的全是让人脸红的问题，而且不光新娘需要回答，每人轮到都必须回答。让我们回答新娘喜欢在上面还是喜欢在下面，自己第一次的时间场地感想，谁和老师有过一腿等，还必须用自己的实例回答所有问题。说着说着另一位准新娘开始大谈起和我们从未谋面的前任男朋友毛毯下的故事，闹得我为她的现任，我们现在的同事，手脚不利落后来了这么一步大感冤枉。

参加美国人婚礼还是很有意思的事，礼物早就买完送过，凑份子的钱也早已如数交上。到婚礼婚宴时，只管打扮得漂漂亮亮，到一个建筑别致的教堂，或者一个高雅不俗的高尔夫俱乐部，或者富丽堂皇的大饭店，庆祝新人的结合，尽情享受美酒佳肴就行了。

看平时随意穿稀松宽大衣服的女朋友突然间脂粉唇膏，明艳照人，公主一样穿着拖地白色长裙，在婚礼进行曲中慢慢走过你，走向圣坛，那种感觉又神圣又美丽。婚姻是纯洁又严肃的事业，只有这份雪白可以代表它的纯洁，只有这份庄重可以显示它的严肃。

不过还是可以感受不同文化的区别。我想中国人在婚礼的时候，一定只说最好听的话，可是几次婚宴下来，发现新娘新郎自己挑选的左右手，通常说来是他们最好的朋友或姐妹，婚礼时走在他们前面，婚宴时坐在他们旁边的伴娘伴郎们，致起祝福词时，经常会插科打诨讲一些似乎不算最中听的故事。

记得在艾得姆的婚宴上，他的伴郎喝酒前致辞。他先是说了一些艾得姆的好话，然后不知为什么转而提到艾得姆很长时间是处男，结果他们给艾得姆起了一个外号，调侃他处男的状况。按说处男这个词在美国反映纯洁，但更多时用在成年男孩身上大有表示缺乏魅力的意思。看着艾得姆一脸尴尬不已的样子，看着大厅婚宴宾客哄然大笑的情景，我脑袋瓜得转好几个弯才能接受这种美式幽默。

在另一次婚宴上，简妮的妹妹作为她的伴娘致祝酒词，她讲的故事挺好听的但有点傻呵呵的。简妮和她的新郎是在排队买咖啡时认识的。简妮的妹妹重新向我们述说这段艳遇，然后就开始说姐姐遇见姐夫的第二天晚上，就激动得不得了给她打电话，说遇见一个人多么英俊多么心仪，她成功地和这个人互相交换了电话。一见钟情坠入爱河晚上太激动睡不着觉，简妮赶紧让妹妹出招下一步该怎么办，一门心思要把这个心仪的人变成自己的新郎。

我们中国人有时讲个含蓄什么的，谁喜欢谁，谁先喜欢谁，谁更喜欢谁，要想知道答案，比知道哥德巴赫猜想还难。简妮妹妹这么坦率摊牌，按照我们的逻辑，真是有点帮倒忙的意思。

简妮聪明能干，大学毕业后工作几年很快就上到管理阶层。她在咖啡厅结识并且最后套牢的这个新郎小伙子，不能算是美国大兵，但也只是当时驻扎在我们附近美国陆军的一个小军官，但小伙子长得蓝眼高个，确实挺帅的。简妮根本不考虑她比他高几个学位，挣钱多几个档次的因素，也不顾虑军人以后每隔几年是要流动到不知哪个州哪个国家，而她的全家都在当地的因素，一脑袋扎进恋爱里，一路走向婚姻。

简妮的婚礼是在新郎驻扎我们当地的陆军军营的军人礼堂里进行的。这是我第一次参加美国军人的婚礼，发现婚礼简单庄重却很令人难忘。

我们被邀请参加婚礼的人，先是来到军中礼堂的外面等候。婚礼时间快到时，营区走过来八个身穿陆军制服，头戴军帽，腰间别着一把带鞘军刀的仪仗队员。他们分成两排，站到礼堂外阶梯的走道两边。

我还正纳闷着，就听见朋友开始说："简妮来了，简妮来了。"

顺眼望去，简妮披着白纱，穿着白色长裙，手里拿着

一束艳红的玫瑰花，和她的身穿军人制服，佩戴各种勋章肩章的新郎手拉手走过来。

“啪！”这边八人的仪仗队同时立正，同时转身，同时抽出军刀，高举向前。面面相向的两人，刀尖相对，这样一排四队搭出一道军刀拱门来。

看着简妮和他的新郎从军刀拱门下走过来，走上台阶走进礼堂的背影，感觉上就好像在看一部爱情电影。

等到电影进行到晚上婚礼宴会，新郎拿着长长的军刀，和简妮一起切四五层高，上面撒着玫瑰碎花的大蛋糕时，我知道我在一部有美好结局的爱情故事电影里。

对外开放日

美国政府花的是老百姓交的税钱，运行宗旨主要一条当然就是为纳税人服务。除了预算公开，人人可以给总统提意见，给地方政府出谋划策，有一套民众监督民意调查系统之外，各级机关有时会选一个特定的日子，对公众开放，让老百姓看看这些单位都在做什么，做出了什么，是不是一分钱掰成两半儿花在刀口上了。

我们农科院系统七八千人，散在遍布全国及一些其他国家上百的科研基地，进行数以千计的科研项目。每年从春暖花开时分起，许多科研基地会举办对外开放日，欢迎公众到我们的试验田、牧场、果园等，尝试新研究开发的果蔬品种，了解自然资源和农业的关系，听取改良肉类奶类动物的新进展……

我们马里兰大院的科研基地，是全世界同类科研基地中最大的一个。科研人员和科研项目众多，科研成果和科研水平也是出类拔萃。以往我们每年会举办一次规模浩大的对外开放日，向所有来访群众展示成果，提供演示和教育机会，分发礼物等。近十来年联邦政府经费紧缩，我们大院从资金到人员编制，都受到严重削减影响。大院的对外开放日，先是隔两三年举办一次，后来囊中羞涩，五年过去了也不见芝麻再次开门，估计过去辉煌不

再，此日不易再来了。

我有幸参加过我们大院的一次对外开放日，在单位当导游，站柜台，又抽空带着全家人与院外百姓一样，好奇游问，遍访各站。一场活动下来，正经有不少的所知所感、所见所闻。

对外开放日前几个月，各个实验室就开始了各项准备活动。比如说我们实验室的展出内容是收集种子，保留归类植物资料，免费提供数据信息以及检验植物病毒。实验室技术员提早就栽种一些番茄、豆角等植物，准备让来访孩子们学会认识不同植物的特性，还可以在植物丛中玩寻找豆粒儿的游戏。组里又花了不少钱，订了许多各类生菜菜籽，放在小袋里作为礼物，准备与大量知识宣传资料一起散发。

每次对外开放日深受欢迎的一个节目，是乘坐干草车，在院里职工业余导游指点下，参观我们的部分试验田。我报名成为干草车的导游，我这么做一来表明我确实也不怎么了解我们院里 7000 多亩地都有什么宝贝，希望通过活动前为导游开的特别小灶特别训练，增加一些了解；二来当导游，领着一车坐在干草垛上的好奇观众，想起来就挺好玩。

活动日前一周，工人们在院子前面的大草坪上立起两顶巨大的白色帐篷。陆陆续续地，草坪上又停来几辆巨型农田拖拉机，点缀在绿草地上，烘托出农业的主题。迎街的告示牌标志敦实醒目，百年院庆的旗幡在主楼正面迎风飘扬。大院上下内外到处洋溢着一种客人来临前的激动。

对外开放日是一个阳光明媚的春天周末。和全家人来到我们农科院勉强找到车位停下后，走出不远，顺着气球，就找到有各种家禽动物的栏圈处。孩子们总是更偏爱动物一些，追着高大的火鸡，拍着新生温顺的绵羊、牛犊，半天才依依不舍和小动物们分开。

草坪上帐篷下，人群熙攘。院里各个实验室及一些外单位总共40来个展示台，个个构思精巧、内容丰富。有布置成热带雨林的，让人了解科学家对热带植物可可树等进行的研究，当然顺带有巧克力让人品尝；有带来一柜子蜜蜂的，教人怎样认蜜后，认识蜜蜂对农业的重要贡献；有架起一个气象预报台的，讲解新的技术，怎样不断被使用于这个最古老的科学之一；有带来海关边防站专门嗅闻走私果蔬的小猎狗的；有搬来小鸡孵化器的，十几个出壳不久毛茸茸的小家伙，一个劲儿卖萌，让人怜爱有加。

科学很深奥。但在对外开放日，科学得放下架子，用最浅显最简明的方式和老百姓说话。在做干草车导游时，根据训练，在整个45分钟车子慢行过程中，我们都是做泛泛的简要介绍，比如说这儿是玉米地，玉米是在美洲大陆最广泛种植的庄稼，美国一年就收获3亿多吨玉米；这儿种的是马铃薯，用来研究科罗拉多马铃薯甲虫和它的天敌们之间的习性关系；这儿是番茄和辣椒地，用来研究筛选使番茄和辣椒生长顽强，营养丰富的基因；这儿是西瓜地，用来比较使用覆盖性作物和塑料作为护盖物，对

降低病虫害的不同影响……

展示台也多是寓教于乐，用轻松的方式传播科学道理。一个幸运转轮，转停下时，转针总指向不同份人体健康良好营养指南；一桌常见的产品，从枕头到小孩尿片，到纸张塑料，再到绝缘材料，看似毫无关联，原来全是化废为宝，用鸡毛制造出的产品。

在所有节目里最考验人胆量的，估计是当院里职员们拿着巧克力覆盖的蟋蟀让你尝试；最让孩子挤破头的，是看完各种昆虫后，看蟑螂赛跑：实验室的工作人员，把他们平时研究用的蟑螂，选出几个个头大的，放在白色的上面画着一圈圈弧线的大平板中间，一声令下放手后，只见各个蟑螂仓皇不已，四散逃开。孩子们围着赛场一层又一层，个个圆睁双眼，给昆虫运动员加油打气，高声呐喊。

每个展示台，除了有介绍实验室研究内容的资料外，都还发放不同的礼物。菜籽呀，花盆呀，树苗，文具，购物包，营养品，动物玩具，儿童读物等。许多来客兴致勃勃，流连忘返；许多百姓，大包小裹，满载而归。

但愿散发出去的种子，会在来宾的家园田地发芽，让他们没准会想起我们曾经的努力；但愿那些儿童读物，会找到合适的孩子家，激发他们对科学的兴趣。也许他们以后会成为科学家，会在我们大院未来的一个对外开放日，站在一个有趣的展示台后面。

Diversity for the Future of Agriculture
Safeguarding Plant Genetic Resources Since 1898
Why is conservation of Plant Genetic Resources important?
How do we conserve, study, and distribute Plant Genetic Resources?

植物世界　古丽蓉摄影

我们的大粮仓

我在接受这份管理信息资源的政府工作时，怎么也没有想到我是一步跨进了美国的大粮仓。

我们单位是美国国家植物种质资源系统的中央信息管理站，整个系统由分散全国的20多个联邦加地方政府研究机构组成，系统的使命是获取、保留、延续、分析研究、改进和向全世界研究人员无偿提供植物种质资源的信息以及样品。

地球上的各种植物，蕴藏着丰富多彩的基因资源，但各种环境和人为因素，又时时威胁或已经消灭许多物种的存在。为了子孙后代的繁衍生存，各个国家及有些国际组织，在条件许可的情况下，都致力于将这些资源收集起来，作为战略资源加以保存。

美国从建国之前民间人士从世界各地带回不同的植物菜籽，到20世纪四五十年代陆续建立四大区域性植物引种基地，之后在全国各地适宜土地，不停建立种植实验场。80年代全面建立美国国家植物种质资源系统，等到我加入阵营时，大粮仓已横跨全国20多处，储藏50多万不同样品，每年向世界近百的国家研究人员寄发20多万样品。

才来上班时候，正赶上组里的人从楼上往楼下重新整修好的新办公空间搬家。大家几十人已经在楼上办公室工作了二三十年,往下搬家的过程,自然也同时变成抛弃历史成物的过程。等尘埃落定,千册万册资料书籍文件柜按序搬完后,留下来让我们随便拿任意挑的书籍期刊仍是堆积如山。

可惜大部分的书籍期刊都是关于农业的,我是外行,拿起来读一会儿头就大起来,只好东挑西拣,选了几本我看着懂个大概的综述性书籍,几本精装的中文农业书籍。最后居然找到一本 1999 年锚书(Anchorbooks)出版社出版,美籍华人作家大成写的自传体英文小说《大山的颜色》(*Colors of the Mountain*)。

回到楼下,趁着中午休息的时间开始读捡来的小说。读了没几页,发现书里还夹着一张 2001 年 6 月 2 日英国航空公司,从孟加拉国 DCA 机场到英国伦敦希思罗(Heathrow LHR)机场的飞机登记卡。再仔细一看,乘客的名字是组里的同事纳德。

纳德管着从全世界各地,发现美国还没有的植物,然后千方百计和各国政府打交道,把这些稀罕种类挖出来或买下来带回我们的粮仓。

他的办公室,从桌上到墙上,到处都是从各个国家、各个不同文化搜集来的纪念品。每指一件,他都可以给你头头是道、一五一十地讲这是他在哪次寻宝中,哪块犄角旮旯土地,哪个遥远的国度发现并买下的。

纳德办公室最醒目的纪念品莫过于挂在他桌旁墙上,一个三四尺长的大象鼻子金属雕塑。我曾经问他在

哪里得到这方宝贝，他一听就大笑起来。原来这是他去非洲采集植物时买的，是当地人崇拜阳性的象征，他买回来后想放在自家卧室，可太太坚决反对，没有办法他只好把宝贝搬到办公室高高挂起。

当我拿着捡来的小说和旧的登记卡走到纳德的办公室时，他一下子就认出这是他的书，但是他说已经在那次的飞行旅途中基本读完，不再需要了，有我接着读，他为书有所用还高兴得很。

纳德及其几代众多组员，在整个大系统初建阶段，工作非常辛苦繁忙，太多的植物种类在美国还是空白，许多国家未必完全了解他们土地上的产品延续对人类的重要性，不知不觉在毁灭许多值得保存的种质资源。所以他们不断地研究，不断地搜索资料，不断地发现存在地球但不在我们系统的有益植物，然后他们再一次又一次，飞到天南海北去把这些品种带回来，由我们的专家立案归档分析后，再妥善保留于我们 20 多个研究储存机构中条件最合适的一处。

即使在美国本土，也有许多长在荒郊野处，没名没姓，但值得保留的植物品种。同事凯伦有时去南部度假，回来告诉我她又发现采集一些不知名的品种，需要进一步研究是不是有保留价值。

从某种意义上说，我认为他们有着最好的工作，因为他们喜欢和做着对人类有益的工作，他们的工作、爱好和习惯，已经协调统一成为一种生活方式。

纳德和凯伦在楼里上班时，午饭之后，经常去大院后面的试验田和一些再远一些的荒野地散步，散步时顺着老习惯还是东张西望观察各种树木植物，有时摘一些花草枝杈琢磨琢磨。一次他们散步回来，给我带来一把板栗，说是从大院最后面的一棵大板栗树上摘下来的。从纳德的办公室，顺着纳德的手指和讲述，我这才知道我们院里有着果实累累的板栗树。

植物品种归分划类的世界权威，是组里的同事约翰。

约翰自己就有一个图书室，紧挨着他的办公室。成千上万本书分门别类放在书架上，而书架又是装在齿轮轨道系统上，这样可以随意转出来需要的书架，需要的书籍，包括约翰自己著作的辞典和书籍。要知道约翰专用图书室的地板，还是特别设计的，这样可以承受约翰藏书的重量，整个屋子不会塌陷下去，砸到楼下会议室里去。

我最怕的一件事之一，就是当我们网上显示报道的一些品种归类信息不是完全正确时，有时我不得不去咨询约翰。

每次咨询前，都提醒他和我用最简单易懂的英语，讲这些品种的爸爸妈妈爷爷奶奶归属分类问题。他每次都微笑着回答说当然可以，可是一说起来，拉丁文命名加上不同种类这么分那么归，一定不一会儿就让我分不清动词名词，满满一脑袋糨糊。

约翰特别热爱自己的专业，充满热情想指导我入门。他的紧邻居同事凯罗尔看我一脸迷茫倒是挺开心，还会调侃加上一句："你知道土豆和西红柿可以归为一类吗？"这也许在科学上从某个角度看是正确的，可普通人听着

怎么也不容易接受。

每次约翰讲完，还会微笑着反问我：“这不是很简单吗？”我只能心里嘀咕，隔行如隔山呀，只能苦笑着，想着之后的几天里，捧着他划拉在我笔记本上的每一个字，读天书一样一点一点地寻找含义。

说起来到20多处我们系统所属的研究机构和种质资源储藏库参观开会，是最轻松有趣又受益匪浅的事。

美国国家植物园　孙宇明摄影

离我们最近的一处，是坐落在首府华盛顿东北边的美国国家植物园。植物园占地400多亩，有大约9000种植物，是依据1927年国会的一项法案设立的。除了12月25日圣诞节那一天外，植物园全年免费对外开放，是华盛顿地区十分受欢迎的一个景点。

实际上园里高挺的树木，美丽的花卉，大多都是按照我们系统研究及种质储藏方向，精心布置安排的。有些植物品种，比如说大部分的果树和许多常年树木，最佳或唯一可行的保存方式，是保存整棵树木。国家植物园一方面用它的树木花草作为一个风景带给人们美感；另一方面提供相关的植物知识用来教育民众。

大部分游客不曾想到的是，国家植物园是一个不设门没有围墙的仓库。它是我们大粮仓的一分子，以它独特仅有的方式，保留延续一些人类重要的财富。

植物园由十来个大大小小不同的品种收藏区组成。在冬青树和玉兰树区，春天来时，玉兰在10亩园地散发着馨香，如云一样灿烂开放；冬日里，常青树光滑的绿叶和鲜艳的小樱果将冬天点缀得生气盎然。

沿着展望下面美丽阿纳卡斯亚河的安谧河岸，是一片栽种许多稀有珍贵山茱萸的收藏区。在山茱萸的南端，有一座清秀挺立观望静河的中国风格亭阁，由中国政府友好人士赠送建造。亭阁周围种满了亚洲，尤其是中国、朝鲜和日本的植物花草品种。

实际上多年以前，在这座中国亭阁初建的一个中秋日，我和家人应朋友之邀，曾经来这里度过一个美好的中秋聚会。当地的许多中国人团体，和植物园工作人员以及大大小小的中外官员们，沉浸在一片中美友好的氛围下。大家品尝中外美食，观赏花木鱼石，然后漫步亭中月下，在优美的古筝演奏声中，为自然，为友谊，为延续的文化文明和植物生命而陶醉。

除了云杉冷杉矮松树针叶树集锦区，这里还有全国最大的草木植物园，从 2 月到 7 月满眼是开放的水仙花、牡丹和金针花以及羊齿蕨山谷。

植物园有方圆 5 亩种有 100 多种杨树的林区，有展示着许多珍贵盆景的石道花园。在通往哈密尔顿山头的小道两旁，4 月后期热烈开放的，是超过 1.5 万棵各种颜色的映山红。

记得一年我们单位举办国际训练班，给来自世界各地植物种子库的同行，讲解培训美国系统的信息管理体系。训练班结束的送行活动和结业晚宴，就是选在国家植物园。植物园的同事，向国际友人娓娓不倦地介绍园里的映山红，介绍中草药植物，介绍百年修成的稀世盆景。按规定，没有人可以带走这里的一草一木，但我知道，我们的各国同行们，从植物园带走了对我们系统的赞美和欣赏。

我第一次看到玉米长得超过两人高，是在我们的爱荷华州艾姆斯植物引种基地。这个基地有上百亩实验田地，储藏着超过 1400 种不同植物种类样品。在温度和湿度严格控制的大面积储藏室，不同的玉米粒儿，就装有上万个瓶瓶罐罐。

在引种基地，工作人员种庄稼，记数据，收获后再归类填表，将信息集中输入我们管理的中央数据库，整个流程进行得科学全面又一丝不苟。在农田旁盖起的引种基地管理楼里，我看到墙上一幅巨大的世界地图，上面遍布全球密密麻麻摁上了成千上万的小图钉，每一个小图钉代表曾经从这个基地,应科学研究需要,工作人员寄发去世界各地不同的种子样品。

一个国家的植物种质资源,在某种程度上,是国家未来农业发展的“命根子”。美国的玉米和小麦,在全球农业世界独占鳌头,和我们宏大有效的种质资源库存,有着不可分割的联系。系统内艾姆斯种子站的玉米样品,安博丁种子站的小麦样品,永远是国内外研究机构最大量要求的品种。

利用种质资源解决农业难题的例子举不胜举。比如说加州中央谷地段,灌溉用水缺乏,再加上病虫害,美国棉花种植业曾经为此至少每年损失上亿美元。农科院的科学家们,从我们收藏的丰富多样的棉花品种中,不断试验,不断筛选,不断改良,终于培养出抗虫抗旱的优良棉花品种。

在农业经济,农业商业集团有时为了经济效益,一窝蜂栽种有限数量种类的高产高质物种。1970 年一种南方玉米大斑病,从美国东南部玉米地横扫到美国大平原地区,短短时间,造成农民 15%(大约 7 亿蒲式耳)的惨重损失。

这场农业灾难之所以发生,是因为农民当时种的所有玉米种类,基因相似,都容易受到造成大斑病的真菌侵害。人们痛定思痛后,决定回到和利用玉米种质资源库,寻找不同的种类进行杂交,以图避免类似的单一型基因的危险。

去华盛顿州铂尔曼我们西部植物引种基地参观,着

实感受还是政府拥有最佳的土地。引种基地的试验田沿着风光无限的莽莽山岭，人们工作之余，抬头便是风景。不过那里的风是出奇的狂猛，我徒劳地拉着我的长发末梢，结果还是留影在照片上与每个人一样，咧着嘴，“怒”发冲冠。

到基地农业科学家克莱尔的豌豆种植大棚时，我感觉除了诗意还是诗意。

成百盆不同种类的豌豆藤苗，从一排一排整齐的木架上，顺着牵引到顶棚的细线，溜溜地攀援而上。许多不同色彩鲜艳无比的豌豆花卉，静静漂浮在绿藤的海洋里，打眼望去，无数从顶落地的翠绿豆藤连成一片，像是绿色的瀑布，又像是妩媚女子的轻纱帘幔。克莱尔谦虚地接受我们的赞美，自豪地看着她热爱的翠色纱帘，景是诗，人也是诗一样的美。

我们系统在科罗拉多州科林斯堡的种质库，性质功能最接近建于挪威北冰洋斯瓦尔巴群岛，是号称世界农业“诺亚方舟”的斯瓦尔巴全球种子库（Svalbard Global Seed Vault）。

科林斯堡种质库，是美国农业种质资源系统的备份储藏仓库。我们系统内其他处的种质资源，按照规定，如果有可能，都会在这里再储存一些以备万一。这里收藏种质 20 多万份，有着世界上最先进的贮藏环境控制系统，也是唯一我看过的大规模使用液态氮，冷冻植物细胞和其他物种的地方。

裹着大棉衣进到这个独特的仓库转悠一会儿，我就不得不为长年累月在这里工作的人们感慨万分。这份天地，这份研究，可套用过去一句说法，就是："任务是光荣的，可道路是艰苦的。"

我们的大粮仓，从南部的波多黎各，到佛罗里达州的迈阿密，到北部纽约州的日内瓦；从东部的首府华盛顿，到西部加利福尼亚州戴维斯，到夏威夷州希洛；存着玉米小麦，存着苹果柑橘，存着黄瓜番茄，存着核桃杏仁；存着你可以命名的各种植物，存着你尚未知晓的许多品种。

你也许可以简单地归纳一句：我们的大粮仓，它存着人类从自然界接受的礼物，它存着我们给子子孙孙世世代代留下的希望。

志愿活动

自己组织过志愿活动，但我更多的是参加别人组织的志愿活动，或受益于别人组织的志愿活动。发现这世界上帮助别人时，有时得到的，会远远超过预想。

我一直参加郡里的跑步俱乐部。4000多人的大俱乐部，规模在全美国是名列前茅的，活动也非常活跃。最值得一提的是，除了近几年才招收一个付一些工钱的工作人员管理一些事务，俱乐部所有的活动，如组织定期各类赛跑项目，组织不同水平的跑步训练班等，完全都是依靠所有志愿人员义务劳动的结果。

跟着俱乐部十几年了。从俱乐部的通信人物专访，以及平时接触的志愿人员谈话中知道，大部分人成为志愿者，几乎都是经过同一条路径：先是因为喜欢跑步，所以来报名参加跑步竞赛。在竞赛中得知为自己登记收费，准备号码，递水引路，计时照相等一干人马，全是义务工作者。于是受感动，于是自己也开始做义务服务，于是发现乐趣无穷。

我在俱乐部做的第一份义务工作，是给参加比赛的人递水解渴。

那是一个夏天闷热的傍晚，我们这一个供水点的四五个志愿者，个个忙得一头大汗。我们搬着大桶大桶的水，然后再分别倒进几百个小纸杯里。记得那时两个孩子都还是小不点儿，先生守着他们，站在马路对面，好奇地看着妈妈在这边，和陌生人一起忙活着。

等比赛开始一段时间后，大批健将旋风一样冲过来，水花，汗花，顿时便大点小点，在我们周围飞溅开来。几乎每一个过来取水的运动员，都真诚地对我们说一句谢谢。每一句谢谢，都让我心里增加一份喜悦。能够帮助别人已经挺快乐，能够被真诚地感谢，心里的喜悦更是无以复加。

孩子大了以后，我开始带他们去俱乐部帮忙，做一些递水解渴，引导路线，准备赛跑资料，赛后食品分发等工作。每次帮忙回来，都有一些新的见闻，新的知识，都有一些新的愉快的感受。

在美国工作过的几乎每个公司，都定期收到电邮或告示牌通知，说是该义务献血的时候了。

在美国，尽管献血是没有任何报酬的志愿活动，全国仍有近乎九百万献血者，一年献血 1500 多万次，给需要血液的病人提供生命的希望。

同事本杰明定期去义务献血。他是个心地善良的小伙子，不仅自己献血，还积极动员更多的人加入献血的志愿者行列。当他在我的办公室黑板上又画又写，解释血型匹配血液再生知识，鼓励我跟他一起去献血时，他的热情让人感动。我问他为什么去献血，他的回答简单又深刻，他说每当想到他献的血，可能救活一条生命时，他都感到很高兴。

不否认有些志愿活动后面有金钱和利益的影子，但平民百姓大部分的志愿活动，都是志愿者被心的感动所驱使而进行的活动。有人为艺术感染，有人被善良打动；有人喜爱江山美景，希望后人可以永远欣赏；有人愿意服务邻里，为社区建设添砖加瓦。

也许是神明做工，打动心灵，让人们开始自愿地义务服务于各项事业，但给予后所带来的释然，给予后所带来快乐，是更大的神明，它是志愿者坚持不懈的动力和燃料。

从来收获是快乐的。努力学习收获一份好成绩让人快乐，辛勤工作收获一份好报酬让人快乐。哪份快乐，不是起源于你的给予：你给予关注，给予时间，给予苦思，给予执着，然后你拥有收获。

而志愿活动，恰恰是循着同样的轨迹：你给予爱心，给予参与，给予金钱，给予帮助，然后你得到许多感谢，许多朋友，许多喜悦，许多顿悟；你会发现，你拥有好大好大的收获。

公司的节日晚会

每年12月，穆斯林人、黑人、基督徒和犹太人都过大节日，一般公司都会为员工举办一个节日晚会。20多年前才来美国公司上班时，公司发给的通知还说是圣诞晚会，大家彼此谈起也是圣诞晚会如何如何。慢慢地风气朝着“政治正确”(Politically Correct)方向转过来，几乎没有公司再称呼圣诞晚会了。上从首长的年底问候，下到小秘书的晚会活动安排，一律涵盖全部，安全标准地称呼为节日晚会。

我特别喜欢参加公司的节日晚会，喜欢那种喜气洋洋，人面桃花相映红的节日气氛。

公司的节日晚会通常会选在高级餐厅，或高尔夫俱乐部，或著名度假区举办，食品丰富精致，环境高尚优美，我们一个晚上尽情享受，大有度假的轻松愉快感觉。

通常情况下，晚会可以带配偶参加，这样我可以到先生的公司晚会，与先生的同事，一年见为数不多的一两次面，以后先生再谈起公司的人和事，我大概可以对号入座知道谁是谁。等到我们公司的节日晚会时，我又可以带着先生，介绍他认识我的同事们，以后与先生与同事，彼此共同的话题又多了不少。

喜欢节日晚会的另一个原因，是终于有堂皇的理由

给自己买晚礼服穿了。

按照常理，女士们的晚礼服应该每年不一样才对。想一想呀，晚会时，同事、领导、朋友、小组，经常会按照不同的各种排列组合不停地照相。男士们的服装换不换看不太出来，如果女士再穿同一套衣服，今年和去年分不开，绕糊涂自己也对不起照片上的别人嘛。我没事时把过去公司节日照片扫一遍，发现在同一个公司的晚会，还真没有任何女士，不同年穿同样衣服的。

想起来是这条不成文的规矩，让我有了许多节日前在大商店里一排排挑选衣服，试这件换那件，自己宠爱自己，自己照顾自己，有了许多揣着好心情的好时光。

第一次参加公司的节日晚会，是在第一份工作上班后一个多月左右的时间。先生当时还不了解美国公司节日晚会的好玩和好处，就是不愿意和我一起去，我只好自己跑到发廊做了一下头发，穿着新买的晚礼服，拿着地图开车找晚会所在的饭店。

基本上所有的职员都是一对儿一对儿来的，或是夫妻，或是未婚夫未婚妻，或是男女朋友。大家随便在晚会包间里的大圆桌旁，找一个座位坐下来，等服务员一道一道送上每人大致相同的晚餐。

我那时从国内来美国没有几年，根本不了解这里许多的风俗。在国内结婚后从来没有想到买结婚戒指，所以在美国上学时没有戴戒指，上班时照样也没有戴戒指。直到在这第一个公司上班，后来被同事莫名其妙当单身女青年约会，这才反应过来，为什么他们平时对我特别感冒，为什么大伙儿中午约着一起吃饭时，他们嘻嘻哈哈看着我傻乐。原来女孩子结了婚不戴戒指，有时是自己给自己找麻烦。

在美国公司，只有人事部门的人才可以看到职员的生日及婚姻状况之类的情况。平时同事之间，除非彼此告诉，否则不太爱管闲事的人，对上缺心眼的人，可以糊里糊涂谁也不知道对方的底细，闹出一些误会和笑话。

那天我坐在一桌全是年轻人的大桌上，同桌有同组的同事彼得及他的太太，还有另一组的小伙子斯蒂文和他的女朋友。

平时总觉得斯蒂文有点儿油头滑脑，“社会青年”的模样。他是公司负责顾客产品培训及产品维修的技工，胳膊上刺着看着怪扎眼的文身。他有时跑过来和我说话，吹嘘他在家里自己养了好几条大蛇。他可能觉得这是一件很了不起的事，实际上我读“东郭先生”故事读到骨头里去了，一向害怕蛇，听他神侃，一点不为他得意，还有点儿替他害怕的味道。

晚餐后年轻人全聚在屋子一角随音乐跳舞。斯蒂文不知为什么，完全撇开他的女朋友，或者自己蹦跶，或者拉着我跳舞。看他的女朋友百无聊赖地站在那儿，我满腔不解跑去问彼得，说你们美国人怎么这么奇怪，斯蒂文为什么不管自己的女朋友，尽向别人乱献殷勤。

彼得和我一组，他和我平时交往最多，所以知道我的深浅。但他一定也是觉得有些好玩，听完我的问话，更是龇牙咧嘴笑得不可开交。他没有正面回答我的问题，只

是说:“以后在美国待长了,你就知道怎么回事了。”

几件事后开了窍,很快我就打电话,折腾在国内的妈妈和姐姐,让她们帮我买戒指。

在世界银行工作时,新年的晚会就在平时工作的总部大楼举行。晚会时进了正门,几乎快认不出天天经过的地方。整个天庭变成了晚会的会场。迷幻的灯光,悠扬的音乐,别致的装饰,丰盛的筵席,享受之余,禁不住十分欣赏银行就地取材,省钱又高雅的晚会方式。

生下孩子后,最喜欢的公司节日晚会,是可以带孩子一起参加的晚会,否则我又得求爹爹告奶奶,央请正在马里兰大学上学的妹妹来家里帮我们晚上看孩子,好让我和先生脱身出去。晚会又吃又喝,又是公司免费的标准节日照,人玩得高高兴兴,可心底里总是牵挂着孩子,担心妹妹照顾不周,于是不等晚会散场,就开始急急往回赶。

先生公司连着好几年,节日晚会办得特别棒。场地在我们当地非常著名的一个度假区,孩子带去后,公司请专门人员负责他们的饮食和娱乐活动。我们大人在同一幢楼的另一端大厅,享受美酒佳肴,享受公司轻松有趣的游戏和抽奖活动,享受与同事朋友相聚的问候和交流。

一家我为其工作四五年的公司,节日晚会也给我们和孩子留下了极好的印象。

每年晚会时大家都带一些给孩子的玩具,包装好贴上数字后,让各家带去的孩子们抽签,这样每个孩子都会抽签拿到一个玩具礼物。同事们之间也是买互赠的小礼物，混在一起，靠抽签决定每人拿到哪个礼物。

记不清我都买了什么礼物给别人，但我至今家里还留着用着一些节日晚会抽签得来的礼物：家里厨房窗台前站着的一尺多高，泡在密封水里的红椒白蒜装饰瓶；我做墨西哥克萨迪亚斯饼（quesadillas）的烤热器；有潺潺流水和光滑鹅卵石的音乐居家摆设等。

我们喜欢公司的节日晚会，孩子们也同样喜欢公司的节日晚会。12 月是大家禁不住心里痒痒的月份。有着很多很快可以实现的期盼，新玩具呀，新衣服呀，新的抽奖，新的一年。12 月又是屋外寒风凛冽白雪素装，节日大厅却大红碧绿金带银条，充满欢乐的人充满欢乐的空气的月份。

节日晚会就像一个大大的美丽花结，挂在 12 月里，给一年的辛勤工作系上一分收获的喜庆，给一段有缘共路的同事朋友们，系上一份珍贵的永久回忆。

坐车坐船去上班和开车吃罚单

按说美国的交通四通八达，开车哪儿都可以开到。可是平时上班的高峰时间，许多城市交通阻塞极其严重。我们一直住马里兰州，上班时工作的单位，也都在首府华盛顿大都会区，包括马里兰州，华盛顿市和弗吉尼亚州。这里交通阻塞全国臭名远扬，每天环城高速公路及附近的交通动脉分支，大小事故不断。万一有一点下雨下雪冰面碎雹，堵车堵出多少里，堵出一两个小时，乃是家常便饭。

又得上班挣钱糊口，又得回家热炕头过日子，于是我们不得不根据上班地点和家庭住址，不断调节使用最合适的交通工具。每家公司当然都可以自己开车去，但想想啊，如果每天来回三四个小时堵在路上，单位到了，人估计也气疯了，肯定不是好办法。好在有一些公共交通工具和其他运输方式，混合着使用，至少还可以忍受。

到首府华盛顿城市里上班时，我大多是乘地铁过去。

记得第一次在美国乘地铁，是初来乍到短暂停留在纽约市高中同学宿舍几日。同学带我坐地铁从哥伦比亚他宿舍住处，去城市里看帝国大厦，看中国城。到了地铁站，我先是被纽约地铁的陈旧怪味震撼了一下，然后又被站台里游荡的一个无家可归者的酒瓶打中。还没等我发出一声抗议，同学一把把我拽跑，说我挨砸也白砸，千万别跟他们讲道理。

华盛顿的地铁也够老旧，从站台到车厢，无法和欧洲相比，也远远不如我们奥运会期间回国，看比赛时乘坐的去体育馆新修的各条地铁线。但华盛顿的地铁至少好于纽约地铁。上班时拥挤一处的大多是公职人员，不乏俊男靓女，也时时看见巧手刺绣能人针织挺有意思的小手工。偶尔会看见异性或同性恋人们公开缠绵，或看见文身怪饰，华服艳妆，各类奇葩自由竞放，倒也经常让人耳目一新。

最有意思是有一段时间，我们家里人一天里各自采用不同的交通工具。孩子们自然是坐学校的校车就近上学，我是乘火车，先生是坐船去上班。我们开玩笑说，家里唯独缺人坐飞机每天来回，否则我们一家覆盖所有常见的交通工具。

我坐的是通勤火车。开自家车到火车站停下后，检票入座，在汽笛声和咣当咣当的轨道交响曲中，火车绕过闹市避开交通，几站几十分钟后，停在离公司不远的站台。尽管票价比较昂贵，但因为省去交通阻塞的烦恼，火车上一样座无虚席。

先生坐船，也是为了绕过交通，从马里兰州到弗吉尼亚州上班。两州之间隔开为界的美丽的波多马克河，贯穿华盛顿，直到美国东海岸盛产蓝蟹的切萨皮克湾口。波多马克河历史上曾经有 100 多艘渡轮操作，运木料运粮食，运枪弹运火药。现在只剩下一家白水渡轮（White's

Ferry)仍然继续运行。

说起来在河上架一座桥,不知会让多少人省去多少交通头痛。但世上的事就是这么复杂,河边豪宅主人不想车流噪声污染,两州政客州长不愿大动干戈,落得两州来回上班又想绕过交通的人,只好借助于河上自18世纪后期以来一直运行的历史渡轮。

白色的渡轮在乘客中非常受欢迎。先生每天从家开车,开到渡轮区岸边排队,然后慢慢开到渡轮上,和其他乘客大约一船总共二十来辆车一起,五六分钟后,慢慢被电缆牵拉的渡轮,牵过波多马克河去,然后再顺序开上对岸,开到公司。说起来每天不是游山玩水,但也算从风景区历史名胜处来来回回。

上班大部分的时候,还是自己开着自己的车跑来跑去。俗话说“常在岸边走,哪有不湿脚”,车子开多了,自然有吃罚单的时候,不知不觉又在美国上一节又一节花钱买教训的课。

第一次先生收到警察的交通罚单后,我们咨询一帮同学,大家都说最好去法庭申诉。据说法庭一般对初犯者从轻处理,估计会罚一些钱,但不留永久记录,这样汽车保险公司不会为此提高保费。

和先生去法庭的路上,快要到的时候,我们一边开着车,一边东张西望想找到法庭的入口大门,就在找停车地方的时候,就听见后面一阵警笛鸣响。

被警车挤到路边打开车窗问为什么,警察说你们在前面红色暂停路标处没有停车,老老实实待在车里别动,等我写给你们一张罚单。唉哟，我们的牌运也太不顺了吧，这第一张罚单还没出手呢，怎么又糊里糊涂地吃进第二张。这一下再不能算初犯者了吧，我们懊恼着也用不着去法庭申诉了，乖乖交钱认罚。这样一家背着一口大黑锅挨宰，三五年后才被保险公司宽恕。

多少年后，一次我们从佛罗里达州度假完毕开车回家。离家还有几座城市时，先生想超过前面的车，一加油门，又引来不知藏身何处的警车，又是一张超速罚单一脑袋懊恼。还好那时先生驾驶历史已返清白，数月后跨过几座城市回去到当地法庭去申诉，法庭收下贡献当地财政预算的罚款，也不太计较其他了。

等到郡政府市政府一为交通安全二为提高收入，把超速镜头山花烂漫一样安装在各个大道小巷，我们一家数着收到的罚单，真快要数到手软。孩子们活动多，我们整天像车夫一样载着他们穿梭不同的训练场所比赛场地，不定哪天一着急一赶个匆忙，就被人为限定的低速和隐藏丛中木里的镜头拍个正着。

敢情地方政府无法像联邦政府，钱不够就多印钞票。充分利用交通超速镜头系统，算是地方政府聪明想出的一个对策，雪花一样发放罚单，估计收来的罚金多少可以缓冲一些财政危机。

到底人不愿在同一处栽两次跟头。慢慢地我们和大家一样，学会慢下来，学会缓着走。不料想大家一谨慎，地方政府财政预算一下子失调。华盛顿首府本来去年预算九千万美元闯红灯和超速罚金收入，结果只收到两千

多万美元，政府只好更加勒紧腰带挺过年关了。

生活总是有着不大不小的烦恼，面对时总得经过不大不小的磕碰，总得想出不大不小的对策。柴米油盐入不了诗，但日子本来就是一锅杂炒，烦恼会是佐料，快乐在里面蹦蹦跳跳。想着热闹，想着沮丧，想着欢笑，我们只需要满满的体验，只要走过来可以最后说：我生活过，因为我知道生活的味道。

工作面谈

我从美国学校回炉镀一层金毕业后，20多年下来，正经在大大小小十来家美国公司工作过。有时按高价小时收费做技术顾问，待几个月，解决疑难问题后转到下一家战场；有时和公司同甘共苦，公司把投资银行的钱，不出两年全部花光，或闹出一大空手套白狼全国丑闻，公司垮台，职员一时间全部树倒猢狲散；有时上两周班门还没踏熟，另外一个新的绝好工作机会从天而降，于是我长痛不如短痛，干脆把自己当场解雇奔下一家去了，这儿的工资爱发不发，可见心一旦不在，钱就成了小事。

每次一个新工作，都是过五关斩六将，从寻找工作机会，到协商时间地点，到电话或现场面谈，最后谈妥工作价钱，然后才走马上任。

到处看见文章说工作面谈技巧，工作面谈趣闻之类。想想自己一路走过来，估计面谈不下百次，被几十家录取过，又同时坐在桌子这一边，面谈挑选其他职员，说起来许多经历也算是可圈可点的故事。

以前听朋友说过，弗吉尼亚州一家很红火一阵的公司，技术骨干是国内清华大学毕业的学生。他们招人时只认清华毕业的，工作面试的问题，基本上是在考核应试者是否真货。问清华东门西门走路多远呀，主楼大概多

少层，西大阶梯教室大概坐多少人，东区西区食堂哪个靠哪个宿舍近之类问题。

我第一份工作的面谈，和上面的例子异曲同工。老板看简历当然知道我从约翰·霍普金斯大学才毕业，所以就顺口问约翰·霍普金斯校园环境如何，我从巴尔的摩校园宿舍开车过来交通如何泛泛几个问题，绝口不问任何技术问题，只是说了一句约翰·霍普金斯是个好大学后，便开始带着我在公司里到处走，介绍公司的情况，介绍他组里的项目，新来的人大概要做什么事情，等等。

两周后回去再见一次公司的总裁和人事副总裁，又是完全的普通聊天。大概他们看着我也顺眼，几分钟后回到人事副总裁办公室时，他拿出一张纸给我看，原来是一份有他签名，正式招收我的工作合同。他问我想不想当场接受工作，我心里想我找工作找了大半年了，迄今只有这一个合同，怎能不接受。人事副总裁见我爽爽快快签上大名后，看上去比我还高兴，一拍手大声欢呼："现在我们可以来谈谈火鸡了"(Now let's talk about turkey)。

一周后正是美国人全家团聚的感恩节。

也有挺别扭的工作面谈故事。一次去一家公司面谈，面谈我的人，听口音看模样，像是和我一样从国内过来的人。不知从我的穿着我的形象我的任何因素，他坚持认定我简历上写的清华学习清华毕业教育经历不是实情，说我不可能是清华毕业的、说我夸大美化自己的经历。可惜他自己明显不是清华毕业生，我无法说上学时住哪号楼从师哪个教授来说服他，而且他也不给我机会说明，先入为主得到他的结论后，所问寥寥几个问题，都是有些刁难性质的，似乎想更加向我证实他的判断是正确的。这成了我上百次面谈中唯一一次，一旦想起来，只有摇头叹气的糟糕经历。

一次面谈我的公司经理和他的副手，一个长得人高马大，另一个长得圆圆乎乎，说白了就是两人都比较胖。

寒暄两句沿着会议室大圆桌面对面坐下来回答问题时，我心里面还一直在想美国人胖子够多的，这两人放在一起，在中国说相声该是挺好的搭档。心里这么想，嘴里一放松，回答一个技术问题阐述某个软件功能特性时，我鬼使神差在答案后面，还加上一个莫须有，相差十万八千里毫不相干的“重量”(Weight)特性。

词一离口耳朵听见发声，我马上反应过来我的大脑潜意识跟自己开了一个玩笑，赶紧道歉说没有“重量”这个特性，我不知为什么不小心说了一个错词。

他们俩人心神领会，互相对看了一下，明显知道我为什么脱口说出“重量”这个词。然后我们仨人忍不住，居然同时扑哧一声笑了出来。

后来被录取到这个项目当技术顾问做了挺长一段时间，和两位面试者也成了好同事好朋友。每次提起我公司面谈时瞎按帽子的事，大家仍会止不住彼此笑话一番。

去公司面谈，无论被录取与否，能够近距离了解各行各业的一些知识，都是开眼界长知识的机会。每家公司可以运行可以生存，需要招收新成员，一定都是自有一套生意经。如果我们面谈前查查公司资料，面谈时有机会

多问一些问题，我们可以在不知不觉中，接触到许多以前未知晓的存在，扩大对外界对整体社会的了解。

多少年前曾经去一家隶属于医疗保险系统的公司去面谈。在面谈的过程中，我了解到这家公司做的软件，是针对兽医和宠物主人的。

我自然知道兽医诊所需要有软件追踪宠物猫狗看病时间、病症、费用之类，但确实是第一次听说，有专门数据库保存宠物猫狗生日和喜好等数据，然后这些数据再和宠物店的其他宠物服务部门的信息连接上。兽医诊所于是可以使用这套系统，自动在预定的时间，发给猫狗主人祝贺宠物生日的电邮。诊所工作人员还可以根据需要，选择敲击几个键后，猫狗的主人家便会收到兽医诊所从宠物店给猫狗寄来的玩具，气球或蛋糕之类礼物。

面谈回来觉得还是小小开了一下眼界。当时我从我自己的各类医生诊所，还从未接受过这类生日问候电邮。知道很多人对自己的宠物好得不得了，花起钱来绝不手软。于是就有人脑袋瓜灵光，想出这么一套系统，让兽医帮着主人宠着猫狗。羊毛出在羊身上，兽医诊所花钱买公司软件，买礼物给猫猫狗狗，最后还不是宠物主人埋单。想一想还得小小佩服一下发明这个系统的不知哪位能人。

实际上无论在哪里，尤其是在美国，没有做不到的，只有想不到的。一个能人，一个好主意，常常是一个品牌、一个公司成功的原始出发点。

还去面试过一家公司，公司的业务是提供软件系统，

归类分析广播电台听众的人数等数据。

我一向好奇，尽管知道报纸电视广播电台很多以广告为生，而商家做广告一定以能有多少观众、观众年龄段购买力为主要考虑因素，这也就是为什么每年橄榄球超级碗比赛，30 秒广告天文数字价钱的原因。但有机会了解给商家提供这些数据的软件，还是挺新鲜的事。公司问我问题，我也没少问公司各种问题：软件是怎么工作的呀，都有哪些功能呀，谁买这些软件呀……

每次面谈，每次我一串问题，既满足了好奇心，又学到不少知识。常常一两个小时下来，意外的收获胜读一本书，回家的路上，有一份满载而归的充实。

找工作去面谈挺有意思，自己面谈别人寻找合适的新成员，也同样挺有意思。阅人看相多了，也基本上不多几个问题后，便可以在心里打分，八九不离十很快做出判断。

美国联邦政府的工作，传统部门编制稳定，正式长期职员基本上是一个萝卜一个坑。我前任退休后，组里才十年来第一次招进我一个新人。几年之后格姆不幸仙逝，我们开始准备招人资料，想重新招进一员干将，结果美国白宫和国会议会各党各派为政府预算不停打架，政府一会儿冻结招人，一会儿关门几周，一会儿又据说三个坑空出来才准填一个萝卜。我们招人资料递上去，十万火急经常催促，这才遥遥一年半后，被人事部门处理开始全国开放招人。

再过一段时间，人事部门从近百申请人中，选出 16

人让我们从中挑选。

16 人是分三个名单不同归类选出的，一类是残疾人士，一类是在职联邦职员，一类是非在职联邦职员。拿到名单和简历资料，我扫过一下再归类一下，知道我们可以从中选择的，基本上归属两类人，退伍军人和在职联邦职员。

美国律师当道撺掇着美国人喜欢诉讼天下闻名。去麦当劳喝一杯咖啡烫了嘴，要诉讼麦当劳；天气凉下雪天早晨孩子上学滑倒摔伤了，要诉讼学校。联邦政府是一块大肥肉，爱打官司的人喜欢诉讼的对象之一就是政府。

组里前几年招一个短期职员，落选一人以年龄歧视打起官司，最后我们不得不又是律师又是资料，耗不起打持久战，到底给寻衅的人一笔不菲的钱封口了事。

我们四个专家组成的评选小组，加上老板，为保险起见，整个招收过程还得加上一个专门管平等权利工作机会的专职人员。透明打分立案报告选出四个想面谈的人，联系安排好外州人来我们这儿面谈的飞机、住宿一系列事宜后，便开始一个候选人一个候选人的面谈程序。

为了保护不被诉讼，面谈的前几道程序正式得有些滑稽。先是平等权利专职人员通报来访者她在会议室的目的，然后她宣读一份我们奉行的政策，既是给所有人一视平等的权利，无论他们的种族、肤色、宗教信仰、性别、年龄、出身地、残障与否及性取向如何。

这之后我们开始每人顺着一个同样的问题单，问候选人几个基本的问题：为什么想到我们这儿来工作呀，谈谈对付工作中冲突的经验呀，等等。然后才开始问我们关心的技术问题，同样是问每个候选人大略相同的几个问题，这样好打分计算，当然我们可以根据对方的答话继续分岔问下去。

发现人和人真是不一样。有人写在简历上什么都干过什么都会，回答前一段基本问题时滔滔不绝，回答后面真正需要的技术问题时一问三不知；有人很谦虚，说什么都小心翼翼，说自己水平一般一般，等以后寄给我们看他完成的项目，实际上具有相当的水平；还有人极具亲和能力，面谈后和全组其他人互动的短短半小时，赢得一片喜爱……

工作面谈像一面镜子，照此照彼给双方留下影像。作为候选人去面试时，这是你的机会你的舞台，你可以练习可以发挥，可以掀开工作甚至人生一个新篇章；作为东道主面试别人时，这是你的家园你的世界，你可以观察可以宣传，可以选择一个吸引一个将来的同事甚至终生的朋友。我想这是为什么工作面谈对于我，永远是一件挺让人激动的事。

德国同事

在中国跟别人介绍自己名字说自己姓古时，经常会解释一下：是古代的那个古字。然后再加上一句：古是百家姓里的一个姓氏。

中国人的姓氏，相对于人口总数来说，稍微有些单调点。除了一些特别的姓氏，可以让人从中大概知道人的民族，很少有姓氏让人从中知道地域或其他更多属性。

姐夫家姓杨，他们是杨家将的后代，姐姐的儿子是杨家将的单传，族里人宝贝得不得了。可中国有成千上万的人姓杨，一般姓杨还真跟杨家将没有一点点关系。所以中国人大部分姓氏本身已经不具有往前追溯来龙去脉的特性。

于是中国人在给孩子起名字时，下了功夫，或是按着家谱辈分排出的字来起，或是按照某些特定的意义来取。

我在清华大学上学十年，先生也是同届同学，也是五年寒窗。等到我在美国约翰·霍普金斯大学毕业工作后，生下老大起中文名字时，我们自然就围绕着我们的共同经历共同期盼给孩子起名字。

先生一向喜欢写字篆刻，屋里砚台墨迹处处皆是。我美国的学校中文翻译又有个“翰”字，况且“翰墨”在中文里通常是才学，是学问的代称，也正符合我们希望孩子以后喜欢读书喜欢知识的心情，所以给老大起名“翰清”，给老二起名“翰华”。我们还“预定”了个“翰园”做第三个名字，留给女儿老三，只是遗憾最后一辈子没有盼来一个女孩儿。

给孩子起英文名字，就有些不知深浅。问同事查资料折腾半天才选定名字。

说起来在美国工作生活了 20 多年，结识交往过众多的美国同事，朋友，看过无数的电视电影时事杂谈，读过无数的英文书籍报刊，自认为在大熔炉里熔得还可以对美国文化有一定的了解，但碰到美国人的姓名时，还是没有太多的感觉。

我们单位要招个新人，我于是从一大堆申请人资料中左挑右选找出几个经历水平不错的人，通知他们来我们单位进行面谈。

准备面谈一个女孩的前一天，组里人坐在一起讨论前面几个已经面试过申请人的情况，同时开始揣测下一个人是否会脱颖而出。同事大卫顺口说，下一个女孩可能是黑人女孩。

第二天看见来面谈的真的是黑人女孩，我好奇地跑到大卫的办公室，问他凭什么得出他的预测。大卫说他主要是通过女孩的姓氏。美国黑奴时期，白人庄园主给黑人奴隶的姓氏，有些是那些从欧洲移民过来的白人家庭从来没有用过的。当然种族之间彼此通婚，许多界限已经模糊，但大卫根据简历上的其他内容，大概综合一下，得出他的有趣的推测。

这件小事让我觉得挺有意思。我翻了翻以往工作的单位，我交往过的美国同事朋友的花名册，想看看我能不能从他们的名字，根据我对他们的了解，看出什么可以归纳的共性，学到什么我不甚了解的文化。

中国人、印度人、朝鲜人、越南人，我发现比较容易了解归纳以及辨别这些不同国家来到第一代移民，或者下一代人的共同性，从他们的肤色，从他们的姓氏，从许多方面。

可是那些从英国、法国、波兰、意大利、德国等国家移民过来的人，他们的后裔，在姓氏上，在行为上，还保持什么特性吗？

忽然发现我认识的同事，许多人是德国人的后裔。再仔细一想，不知道本来就是我有许多德国裔的同事，还是德国裔的同事经常找机会提醒我他们的德国人血液。

工作单位经常召开各种会议，通常是首先大家轮流自我介绍一下。听到许多德国裔同事，介绍完自己的名字后，会顺带说自己的姓是德国人的姓，有时解释说这个德国姓可能不太容易读出来，或许就纯粹想告诉人自己是德国种？

我管他们叫德国同事。

想起来德国同事们似乎都是比较严谨守纪律的一类，有时快到了刻板的地步。

我在以前一个公司工作时，和一个真正的德国人名叫薇拉的女同事共事过。她是从东德来的，尽管东德西德早已回归成一个国家，她却很精确地向我们解释她是从以前的东德来的，从这点也可以看出一些她事事认真的态度。

我们写程序，有时参数性质太简单，我有时就忘掉或略过不写这个参数的注解用法，薇拉看见了跑过来，认真到快要生气地告诉我，这不够正确，哪怕误差的机会很小，我也应该注明用法保证不会有任何人有任何误解可能。

她写出来的程序，参数命名的一致协调，行与行之间的间距，行列之间第一个字母的相对位置，每一个部分完全符合教科书的标准。从她手里出来的活儿，你几乎找不到任何差错，又漂亮又准确，看得我叹为观止。

德国同事之一凯恩，和我关系相当好，我们的办公室挨着，所以经常他一脚跨进我办公室，我一脚跨进他办公室，随便侃大山，讲笑话。

凯恩是我们部门网站内容管理员，有时我们需要更新一些网站内容，凯恩会为几个单词哪些更正确地反映我们的状况，颠过来倒过去，比较来比较去，非得认真找出一个合适的来才罢休。

让他把我加到网络组里去，口头和他说了他说可以加我，最后还是要我再写一个电邮给他，把口头说的要求哪怕写一行字，写到电邮上发给他。这符合他做事一板一眼的程序，然后他这才加上我的名字。严谨守规矩的精神可嘉可奖，可又有点刻板到我哭笑不得的地步。

当我的这些德国同事，有意无意顺口说一下自己的姓氏德国人姓时，你似乎可以感觉到他们对这个民族的

骄傲。

实际上他们很多人的祖先，三代、四代甚至更远以前迁移来美国。他们更多的时候被叫作美国南方人，美国中西部人，或宾州人等。他们未必知道祖先埋于德国的哪方山水，早已没有任何德国的亲属牵挂。但一代又一代，混过一次又一次，流淌着南斯拉夫流淌着爱尔兰流淌着欧洲其他各个民族的血液后，当他们会拥有一个德国人的姓氏时，他们会自豪地向你解释，他们有一个德国姓。

而我的孩子们，我孩子的孩子们，子子孙孙百代千代，我希望他们说出自己的名字时，会像我一样自豪，会说自己有一个中国人的姓氏，一个在百家姓里有着的姓氏。

足球队长

小儿子从撒开腿会跑路时就开始踢足球。“多年媳妇熬成婆”，到 12 岁的时候，终于“熬”成了足球队的队长。

正确地说，是终于玩成了足球队的队长，越玩越认真，越来越像那么回事。

小时候玩球的时候，一个队每个队员都是明星。谁上场谁都得到热情喝彩，而且教练也是张三李四每人各给 10 分钟上场比赛时间，然后顺着茬儿让下一拨人集体换上去替补。

大锅饭吃的从孩子到家长，从裁判到教练，个个喜笑颜开。赢的队有奖杯，输的队也拿奖杯，而且奖杯从成色到个头，一点儿不逊色赢家的奖杯。大家玩的就是一团和气，一个高兴。

看美国三大球，篮球、棒球、橄榄球比赛，一年四季吸引电视机前亿万观众，打得死去活来，打得惊心动魄，最后赢家被灌成落汤鸡，然后雄赳赳抱着个大奖杯，赢家就那么一家，明星就那么几个。以前所有的小明星都哪里去了？人们是怎样地从儿时的天真，在短短的青少年期间，过渡到赛场激烈的竞争？

儿子八岁的时候，足球队就开始变化。业余队仍然

是只要报名就可以参加。但是新的联盟队的所有队，队里的所有球员，必须首先参加一个集体的综合足球技能测试，只有测试合格的孩子，才可以参加各个球队教练进行的选拔训练。

这时，就那么一点点地，你可以似乎窥见职业球队运行的端倪。

我们带着儿子连轴转参加过四五家联盟队的选拔训练，训练时，我们看球队，教练看孩子。两次训练下来，教练的通知就下来了，而且发过来就像是合同，不同意走人，同意的话两天内必须答应，而且一旦答应后不准再同意签另一家球队。

家长这就马上感到当球星代理人的滋味。在哪家球队卖得值钱呀，哪家球队看着争气一些，比赛起来会赢呀，训练场地离家近不近呀，训练时间和工作时间打架打得厉害不厉害呀，等等。斟酌半天，最后我们和全明星队(All Stars) 签了约画了押。

这全明星队名字起得够有气魄的，听着就像是冠军队的名字，这就是儿子效力多年，最后出落成队长的足球队。

才开始时，每个队员在赛场上的位置还不是太固定，有时当前锋，有时当后卫，守门员也是大家轮着当，比赛时教练基本上还是给每个队员一定的出场机会，但是明显开始出现主力队员打的时间长，差一些队员坐板凳时间长的倾向。

每个联盟足球队春季重新洗牌一次，淘汰差的队员，吸收新的队员。队员也可以由于各种原因在统一的联盟各队洗牌期间，转换门庭。感觉着似乎有点儿像职业球队的选新人换队员买卖。但不同的是这儿的优秀队员很少跳槽，多年比赛下来，队和队之间，已经打得有点像宿敌似的，同仇敌忾还来不及，哪里会去同流合污。

应该归功于美国人喜欢流动的特性，同时我们离华盛顿首府近，欧洲国家驻美大使馆不停更换工作人员，每新来一家，没有孩子不踢足球的，所以球队永远不愁球员不够，新的好队员从全美国其他州，从全欧洲其他国家源源不断输送过来。

每年春季球队大换血的时候，也是球员和家长们有些悲戚的时候。教练是职业教练，在队里不算是一手遮天，也是一言九鼎，去和留的决定完全根据他看见参选训练的新人，根据他下个赛季各个队员位置总体决定的。

每次洗牌，总有几个队员会被淘汰掉。孩子们每周训练在一起，连玩带练，家长们每次比赛在一起扎堆抱团，一起为紧张的赛事提心吊胆，一起为来之不易的得分高声呐喊。尽管我们心里面都明白教练的决定是正确的，但人待在一起共同为一个队长期奋斗结下的珍贵友情，一下子被这样生生分开，还是很伤心的。

打球已经到了以胜负定赢家的年龄，竞争是公平的，又是毫不留情甚至是残酷的，孩子们在每一场比赛，每一个赛季，活生生地反复认识这个道理。

最开始时足球队的队长，是几个主力队员轮流当，等到孩子们竹笋拔高一样开始长高了的 12 岁，教练开始在

队里选拔队长。实际上队长也没有什么权力，就是在比赛一开始时和对方队的队长，在裁判面前，决定自己的队在哪个半场先打。

足球队长和其他队员着装的唯一不同，是队长戴着一个颜色鲜艳的小袖章。

而这个小袖章，对这个年龄的孩子，他们对其珍贵的程度，其让人渴望拥有的程度，其代表荣誉代表一个孩子的领导地位的象征意义，围绕其竞争夺取的过程，已经演绎得和成年人世界的故事大相径庭了。

这儿学校里高中体育队的队长，归纳起来基本上是几类人，一类是体育水平绝对一流，无人能比；另一类就是万人迷类的，有魅力有热情，一呼百应；再一类就是学生家长以队为家，事无巨细全包全揽，把队员队事照顾得服服帖帖。

实际上当高中体育队队长，学生不知道要多花费多少时间和教练研究对策，队长家长又不知道要花多少时间组织各类活动，但从来没有人为此后退，大家争得头破血流，也想成为队长，大概是喜欢体育的人更喜欢竞争，更喜欢第一的原因。

大儿子的高中游泳跳水队是六七十人的大队，有两个女生游泳队长两个男生游泳队长，再加上一个跳水队长。每年赛季结束的晚会，由所有队员匿名选举下一届队长。这之前的时间从学生到家长，一大堆公开表现，私下拉选票活动，和正常政治家竞选如出一辙。

说起来美国各届官员竞选，真不知道有多少人从初中，甚至从小学就开始类似的选举竞争活动，一层层上，一次次做冲杀，到最后个个都练成了人精了。

小儿子球队最初的循环队长制，是教练的一个高招，也是一个狠招。他让队员们为了成为最后的正式队长，个个努力提高自己，这样，一来孩子们有动力，二来整个球队竞争意识竞争水平也得到了提高。

12 岁的孩子，确实是到了正经培养竞争意识的年龄。职业球队最年轻的选手有的 20 岁还不到呢，竞争意识不是可以一天就灌到脑子里面去的。

当然我们从来没有奢望过儿子们可以加入任何职业队，最大的目标是希望他们得以进入高中体育队，在高中期间继续得到更好的体育和纪律训练，希望他们懂得崇尚体育精神。

儿子们进高中前都是参加两门运动项目，哥哥是棒球和游泳，弟弟是棒球和足球。每次问小儿子可不可以删掉一门项目，他都是无法割爱任何一个，结果我们也就只好奉陪到底每天当车夫在训练场比赛场穿梭不停。

等小儿子决定竞选足球队长时，我们的任务就更重了。

以前训练时，迟到一些还不算什么事，竞选表现时，考虑到这不算模范表现，儿子认真希望我们当车夫的改正拖拉的习惯，按时或提前到达训练场地；训练完后还不想着回家，儿子决定发挥领导力，把队员召集坐下来讲他烂熟于胸的寓言传说希腊神话故事之类。起初几个竞争对手不愿服从，训练完之后转身就跑，后来毕竟是孩子，

看儿子的故事把其他人套得牢牢的很有趣，也渐渐习惯被召集坐一圈听故事。每次比赛前，本来要求提前30分钟到场地热身，儿子决定作为预备队长，我们应该提前45分钟。训练起来认真，打起比赛主力一枚，至少这方面用不着我们多做任何事。

渐渐地，越来越多看见队员们围着儿子听他说话，越来越多看见儿子带着全队做训练，做赛前热身活动……

刚过13岁后的一天，儿子一场足球比赛完后，向站在球场边观战的我们走过来，臂上仍戴着循环队长的小袖章。

"妈妈，我从现在开始再也不用把这个袖章还给教练了。"他阳光灿烂地笑着说，"因为我是这个队唯一的正式队长了！"

日本料理店

20世纪90年代初我从巴尔的摩的约翰·霍普金斯大学毕业时，正赶上美国经济不景气时期。毕业前就开始找工作，5月毕业典礼后还是在找。手写的求职信不知发了多少封，寥寥几家回音几次面试，直到大半年后11月感恩节前一周，才得到在美国也是自己生平第一份正式工作。

第一份工作的工资是4万美金。这个数字，和我1981年高考入学成为清华班上总分第一名的高考分512分，和我在清华本科生一住五年的宿舍号6号楼209房间，研究生时住的18号楼204房间，以及其他一些数字，如此深深地刻在我的脑子里，想忘都忘不掉。当时从来没有挣过这么多钱，在学校当学生助教一个月一千美元左右，在大学图书馆打工一小时几美元而已。高兴地和远在中国的爸爸妈妈打电话报告消息时，还不知深浅说估计自己没准儿是进入了美国中产阶级行列。

同样让我印象深刻的，是在我找工作的时间，在当地一家日本料理店做了半年服务生的经历。后来因为特别喜欢在那里打工的感受，曾在家没事嚷嚷着说有机会还想回餐馆工作，可惜餐馆早已易主多次，我也一直没有找到合适的机会回去。

说起来我无论到哪里工作长一点时间，离开时都有些恋恋不舍。但想来想去，似乎还没有一家公司像这个餐馆那样，让我想回到同样的环境，有同样的伙伴，做同样的工作。

找到这家日本料理店，也算是很巧合的事。我当时出国门没多久，别说日本料理店从来没有去吃过，连普通美国快餐店还没有熟悉过来呢。一天去巴尔的摩城市中心内港湾，打扮得花枝招展游玩拍照时，看见街上一家日本餐馆的招牌画上，画着一个日本女子穿着和服，一副很绮丽很娇媚的模样，我好奇地探头探脑推门进去，看戏一样，想看看里面的人是不是也穿着和服。

结果一进门就被老板娘当成顾客迎接进去，拿出菜单递到手来。我一时间不知道说什么好，只是看着菜单上昂贵的价钱，心里琢磨怎样脱身，反正我无论如何没有想坐下来吃这顿饭。灵机一动，我顺口说不是来吃饭的，是来找工作的。老板娘马上说哎呀对不起，我们这里不缺服务生。但她一转身，突然想起她的不知是亲戚还是朋友的另一家日本店，现在正缺一个服务生。她于是写下一个电话号码给我，说我可以去那儿试试。

我大舒一口气，拿着有电话号码的小字条，也顾不上看穿和服的日本女子了，逃一般离开餐馆。

游玩市中心回到家，收拾东西时一眼又看见了小字条。心想试一试也许真可以做，反正当时我也没有多少其他正事做，正式工作找得连影子边儿还没有摸着。

按着电话号码打过去，再顺着电话上指点的方向找到餐馆，发现是一家很气派的日本料理店。老老实实告诉餐馆经理，我不仅从来没在日本餐馆做过服务生，我还从来没有吃过日本餐 。经理是台湾早年来美国的学生，毕业后就转而进入餐饮行业。他一听完就哈哈大笑，说我看你这张脸就知道你适合在我们这里做服务生。你能从约翰·霍普金斯大学毕业，还能有任何困难在这里学会做服务生？

我就这样莫名其妙新人新手被录用，当上了这家日本料理店的服务生。

才去工作的最初几天，尽管我已经背诵琢磨过一遍经理让我带回家预习的餐馆菜单，可是理论和实践严重脱节。接下顾客的订单后，拿回厨房或者寿司吧，却不知拿哪盘做好的菜给客人端上，闹得经理成了我的跟班，跟在后面指着教这是A桌客人的金枪鱼寿司，那是B桌客人的三文鱼铁板烧，这是C桌客人的鳗鱼卷等。

好在我记性好，人也是个勤快人，空闲下来时指着每种鱼各样菜问个究竟。寿司吧的大师傅是日本料理店的老板。他是台湾人，正经去日本训练过做日本餐。一家父亲兄弟都是开日本料理店的，手艺精湛，很得顾客好评。他自然希望我学得快学得好，所以教起我来不遗余力。这样一周下来，我还真差不多可以应付过关了。

说起来挺有意思的，我本来想看别人穿和服啥样，结果自己变成穿和服给别人看的人。

店里总共有四个服务生，全是女孩，全部以和服当工作服。其他三人一位是正儿八经的日本女孩丽娜，穿自

己的和服来上班；另一位台湾女孩朱迪，来美国上学高中毕业后就在日本餐馆工作，也早已置办好几套和服。第三位是韩国女孩金，闹不清为什么也有几套和服换来换去。只有我一是没有和服，二是不太想置办。经理没办法，为了保证料理店的整体形象，不知从哪儿变戏法一样，变出两套很漂亮的和服借给我穿。

经常有顾客认为他们在和温顺的日本女孩打交道，时不时还和我们说起他们去日本的旅游观光经历，有时对我们说学来的洋泾浜日本问候语，让我们几个服务生乐得哈哈大笑。

经理放手后，我还是陆陆续续犯了几次小错误。记得有两次说是错误，但也“因祸得福”。

当时店里最贵的寿司卷是软脚蟹卷。一个软脚蟹裹上面油炸后，和其他一些配料放进雪白香糯的米饭上卷起来，等分切几刀后，放在一个小木头板凳上端给客人。因为软脚蟹进料很贵，所以一个软脚蟹卷当时价钱大约是 8 美元。有两次我误会顾客意思多点了一个软脚蟹卷，寿司吧老板高高兴兴做出来后，结果发现没有顾客需要，又不能东西拆出来再用，只好一边心疼，一边无可奈何地让我们服务生瓜分尝鲜了。

好在这种事情发生次数不多，一旦不小心发生时，老板倒是很通情达理，通常让我们分享这些多做出来的菜。结果我们自己平时舍不得点昂贵菜，反倒因为一些错误，得以品尝店里一些高级招牌菜。老板人还年轻，又喜欢和我们说话，所以拿不起太大架子。店里生意非常好，钱赚得不少，偶尔碰到了点错菜的倒霉事，他也就不太计较，半嗔半笑吓唬一下完事。

我们几个服务生从来都是平均共享所有的小费。说起来有些不公平，因为相对来说，我力量不够，又没有足够训练，根本端不了大盘子，又很少能管好一大桌大型聚会，真正的台柱是中国台湾女孩朱迪和日本女孩丽娜。后来韩国女孩金，一上手就看出是干了很多年餐馆的人，手脚利落得让人叹服。但经理和老板倒是一直宽待我。

我的服务生同事，一边善意笑话我搬不起盘子，拿铁板烧等一些热菜给顾客时，手怕烫经常吓得她们以为我会把一盘子菜甩到客人桌上，或扣到客人头上。但我们几个服务生彼此相处像姐妹一样亲密。她们也像经理和老板一样宽待我喜欢我，不计较我实际上比她们干得逊色一些，干得慢干得少一些。大家一样时间来一样时间走，吃同样的饭，拿相同平分的小费。

我想我能得到这些待遇，也许因为我天生是比较快乐的人，无论到哪里都喜欢逗乐，喜欢说高兴的事。餐馆顾客喜欢被快乐的服务生接待，与快乐的服务生轻松交谈，餐馆工作人员喜欢和快乐的同事相处，厨房里餐厅间忙时工作闲时打趣儿。

看来快乐的天性实际上也是一份天赐的财富。

丽娜和金的先生都是白人美国军人，都是当他们分别驻扎在日本和韩国时，和当地女孩认识结婚，撤回美国时，再把太太带回美国。

丽娜一米六五左右的个子，洁白如玉的皮肤，长得很

好看。可她总说她在日本属于不受青睐的女孩子，因为她长得太高，又很大手大脚不拘小节，从来不化妆，日本男生不愿找她当太太，所以她早就知道自己在日本婚姻是个问题，大学学的专业就是英语，最后用心创造机会，把自己嫁给一个美国大兵移民来美国，避开自己人高马大在日本的“劣势”。

丽娜当时才结婚不久来到美国。她护着她一脸秀气非常年轻的先生，有点儿像妈妈护着一个大孩子。美国大兵实际上工资很低，所以丽娜有时会请她先生来餐馆和我们一起吃免费工作午餐。

料理店老板寿司吧大师傅，每天亲自给我们所有人包括他自己做午餐。他是一个挺大方对员工不错的老板，做出的午饭一般都是有鱼有菜，我们还可以随便到厨房盛汤拿沙拉吃。做鳗鱼时，他会按人头一人一条，大家一视平等。

结果丽娜先生一来，丽娜准是把自己该吃的那条鳗鱼夹给先生吃，还哄孩子似的问他长问他短。想起一种说法，说男人娶太太最好要娶日本太太。我这边看号称自己不合格做日本男人太太的丽娜，情不自禁、无微不至地照顾她的先生，不由得感到传到风行的一些说法，一般真的还是有些道理的。

韩国女孩金，也是一个美人胎，脸上永远扑着粉，画着精致的眼线眉线。不过她嗓门很大还有些沙哑，说起话来气势挺足但温柔不够。金来了料理店后没几天，就大声嚷嚷说吃饭没有朝鲜泡菜她受不了。老板说那你自己做呀。我这才看出她是一个做菜的好手。她快手快脚掰白菜，撒红椒粉，一会儿工夫就整出一大盆子朝鲜泡菜。几天后我们开始吃，新鲜好吃极了。

金有时和老板开玩笑，说等她有钱了，没准可以盘下接手老板现在的日本料理店，让老板给她打工。经理说看金出手的泼辣劲，等她在美国站稳脚跟后，如果不出意外，她一定会开自己的餐馆。

台湾来的朱迪，是我们四人中年龄最大经验最丰富的，也是唯一一个已经有孩子的妈妈。她教了我很多做餐馆服务生的基本功，比如说从来不空手走来回，走路时不是顺手拣一下这个盘子，就是眼尖带一下那个小碗。我负责的桌子经常一转眼，她已经帮我收拾完脏盘子了。她可以很有技巧地把许多脏盘子杂技似的叠在一起拿回厨房，客人看着惊讶，我也看着叫绝。

朱迪总是自告奋勇地承接大桌子客人。服务完后会拿着丰厚的小费，笑脸一朵花似的把每张票子伞形打开让我们看，然后哗的一声像打牌似的把一摞钞票整齐，塞进我们打烊时共同平分的小费罐里。

中午饭后有几个小时，经常会没有一个顾客进来。我们服务生会钻进一个榻榻米房间关门睡午觉。有时睡得太实沉，有零星散客进来用餐我们也不知道。经理就会过来敲着门，故意尖着嗓门吵我们起来："大小姐呀，赶快起来呀，睡觉美容重要，挣钱更重要呀。"

一听他这话，我心里不知道为什么马上想起以前在国内上学时，读书说的在万恶的旧社会，地主周扒皮半夜

学鸡叫，骗长工早起来干活的故事。

后来还把周扒皮的故事讲给经理和老板听，他们大喊冤枉，说这大陆课本写的事，跟他们怎么能扯在一起。看来阶级斗争这根弦，从小给安到我脑袋瓜里面去了，时不时就砰地弹两声，警惕我给老板扣一顶大帽子，再给经理穿一双小鞋子。看看，这世界，谁委屈谁呀。

11 月我接受正式工作辞退日本料理店工作时，居然和丽娜闹了一点儿别扭。

丽娜认为感恩节节日季节开始，店里是一年里工作最忙的时候，我们没有时间训练新手，缺一个人会很弄得店里紧张乱套，所以她认为我马上辞退工作的做法是只从自己考虑，不从店里考虑。她不仅不庆贺我的新工作，还板着脸很不高兴地大声指责我，然后一整天都不怎么和我说话。

经理和老板仍是一如既往地对我很宽容，说新工作是我应该去的工作。经理还劝丽娜，让她态度缓和些，让她多一份理解。

和大家道别后开车返回家，一路上更多的是惆怅。

我被命运玩笑一样带进这个日本料理店，与其他几位女伴几乎是同住同吃同工作半年有余。我得以如此近距离观察了解一些我以前和未来，在我学习在我工作中，根本无法深入接触到的一个行业，一些这个行业的从职人员，经历他们的生活，了解他们的故事，体会他们的甘苦，感受他们的愿望。

以后每次去餐馆吃饭，我会有意对服务生友好些，有意多给一些小费。生活给了我一个机会，让我曾经站在他们的位置看世界，等再回到自己的位置时，我多出的是一份对他们的关切和友爱。

也许我们的心，从来是神明奥秘做功的地方。有时我们会因为一次特别的经历而感悟，有时会因为一句特别的话语而领会。而有时，是半年的时光，是一间日本料理店，是两个宽容的老板和经理，是几个来自不同国家，年轻美丽又善良勤劳的女孩子。

加勒比岛上的绿椰子

我们一家乘游轮到东加勒比海做为期八天的海上旅游时，小儿子是八岁的年龄。

游轮从佛罗里达州劳德代尔堡(Ft. Lauderdale)出发，海上航行一天后到达波多黎各首府圣胡安(San Juan)市抛锚休息。我们随团上岸参观了旧城堡新城区。在旧城闹市区，挺有意思的一处是看见有商摊站着许多训练调教过的大鹦鹉，花了钱后当地人就把一个又一个色彩斑斓的大鹦鹉站在我们全家人的头上、肩上、胳膊上拍照片。买下照片看上面每个人都又惊又喜地大笑着。

随后几天游轮每次靠岸时，我们都会跟随不同的团组，到各个不同加勒比岛玩各种项目；有时潜水看珊瑚，有时随车盘山而上，一路看热带森林，看脚下如画的风景；有时搭乘当地人开的小游艇兜风，同时看岛上名人贵居，绮丽独秀。

游轮东进到美属岛屿安提瓜(Antigua)之后就开始折头回返，准备停一站英属岛屿托尔托拉岛(Tortola)后，然后再停一站巴哈马群岛首都拿骚(Nassau)，重新回到出发地佛罗里达州。

托尔托拉岛有着著名的白色沙滩。等旅行车载着我们到达沙滩时，已经有许多在这儿旅行度假的人提早赶到。

沿着沙滩往陆地方向，是一排高大的棕榈树，最靠近沙滩的一排以及再往后散开是低矮一些的常绿树木，这些常绿树木给出租沙滩长椅，经营风味小吃，摆摊卖纪念品之类的当地人提供天然的遮阳地段。

朝着大海望过去，远处的海水是湛蓝的，近处的海水却是碧绿的，不远处有两三艘中小型游艇泊在水面，随浪上下浮动。阳光倾泻照在白色的沙滩，配上三三两两白得耀眼的沙滩靠椅，托尔托拉岛上的沙滩美得让人心旷神怡，美得让人流连忘返。

我们和孩子们尽情地在海水里嬉戏，在阳光下享受，在沙滩上漫步，等到旅游车载我们返回游轮时间快到了的时候，才收拾一番跑着往停车的地方赶。

儿子忽然发现有一个小摊在卖椰子，他说我们应该尝试一下这儿新鲜的椰汁。于是一家人又匆匆跑过去，匆匆交了几块钱等着喝椰汁。卖椰子的小摊主是一个梳着几十根小辫子的中年黑人，戴着墨镜，穿着鳄鱼牌宽纹高尔夫球衫。他的小辫子全部利落地高高扎在脑后，又随意散垂肩上，猛一看大有黑人歌星的架势。

只见他右手握一把一尺多长的快刀，左手拿起我们选中的硕大的绿色椰子，往上一抛，然后右手在空中一刀下去，等左手再接住落下来的椰子时，椰子上面一小块已被切去，现出二寸多直径的一个开口，让我们把吸管放进去，去喝新鲜的椰汁。

他的这套动作一气呵成，我们匆匆跑过来的呼吸还没调整平稳，他已把切完修好的椰子递了过来。儿子不

可思议看得傻了眼似的站在那儿，要知道每次我们从蔬菜市场买回椰子来，我得咬牙切齿又是锤子又是改锥，还又砸又剁又钻又转，才会像从地下打油井似的，好不容易打开两个小孔，让他们放进吸管吸椰汁。

后来的日子里，有时问孩子去加勒比海旅游，觉得什么最神奇最好玩。从那么多精心安排的活动中，从那么多精彩的表演，昂贵的消费，目不暇接的景观山水，儿子们记得清清楚楚、津津乐道的，是在这个加勒比海的岛上，在我们离开它前匆匆的几分钟，花费微不足道的几块钱后，他捧到手上的绿色椰子。

发现世上的事情，有时真是很难预料。也许我们一生计划着努力着朝一个方向走，而没准最好的风光，是在不期相遇的另一个山头。

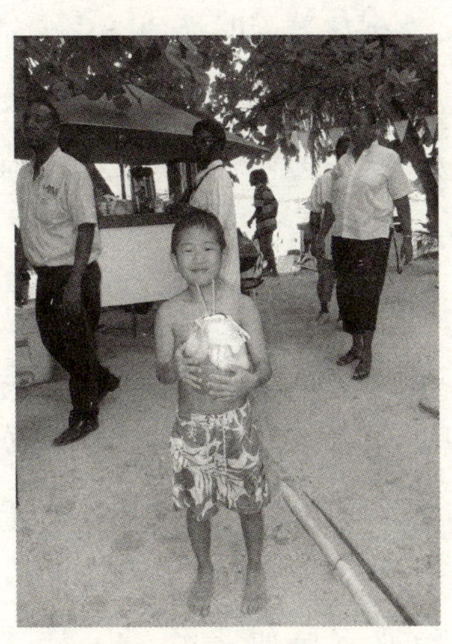

小岛绿椰　孙宇明摄影

后　记

这本《生命树》散文集，收录了 63 篇我近一两年来陆陆续续写作和发表的文章。

自从 1991 年从北京首都机场离开清华，离开家，离开中国，踏上美利坚这块神奇的土地，20 多年来，除了一些私人的日记，我歇下了笔。我只是上学，只是毕业，只是工作，只是相夫教子，只是一步一步扎实地过着真实的生活。

同时我如饥似渴地读书。除了不间断订阅美国各类从时政到自然到旅游到时尚的杂志外，我读圣经，读小说，读心灵鸡汤，读历史，读童话……读一切我买的我借的，我在杂志架上在医生诊所等待时可以发现的文字。

我的孩子们的羽翼渐渐地丰满了，他们不再需要我的时时呵护，不再需要我在他们睡觉前的摇篮曲，我拉着他们过马路的手，我带他们去各种体育活动训练的车，各种音乐会器乐表演的录像拍照。他们出门时，对我挥一挥手，我说："Take care and have good time! I love you!"他们留给我宽厚的背影，和一句轻轻的宽慰："Love you too, Mom."

于是我多了许多不被打扰的时间，于是我渐渐可以拿起我搁置封存多年的笔，一笔一笔，写岁月留在我脑海中的各种事，各种人，各种情绪，许多感动我的小故事。

于是，我有了这本散文集。感谢我的先生孙宇明为封面书名——“生命树”题字。